누구도 아닌 나를 위해

한국, 그리고 네덜란드에서의 기록들

누구도 아닌 나를 위해

No one else but me

죠디 리 지음

harmonybook

누구도 아닌 나를 위해

No one else but me

이 책을 기획할 당시 나는 네덜란드인들과 나눈 대화를 모아 인터뷰집을 출판하려고 했다. 프롤로그와 에필로그도 이미 완성된 상태였다. 그런데 무슨 바람이 들었는지 결과물이 여간 만족스럽지 않았다. 생각은 생각의 꼬리를 만들어 갔고 이윽고 나 자신에게 도착했더랬지. '왜 네덜란드인들의 인터뷰집을 쓰려 했지?'

간단했다. 나의 첫 에세이는 730일 동안 네덜란드에서 지냈던 기록과 한국에서의 일상에 관한 내용이었다. 왜 네덜란드로 가게 되었고 그곳에서 어떻게 성장했고 언제 한국으로 돌아왔는지 자전적 이야기였다. 그래서 스스로 비공식 네덜란드 전문가라고 생각했다. 그 이유로 나의 두 번째 책 역시 조건부 네덜란드 이야기를 적어 내려가야만 한다고 자신을 옥죄였다.

참 지독하기도 하지. 그럼 다음 책, 그 다음 책 그그 다음 책도 네덜란드…? 생각하니 아득했다. 그래서 결정했다. 새롭게 원고를 쓰고 다듬겠다고. 제 만족도 시키지 못하고 어찌 독자들과 이야기를 공유할 수 있을까.

　지금, 이 순간부터 온 정성을 다해 쓰겠다. '누구도 아닌 나를 위해'. 망막한 생각을 글로 풀지 못한 내 감정조차 당신에게 닿길 바라며 온 힘을 다하겠다. '누구도 아닌 당신을 위해'.

기록한다, 나를 위해 (첫 번째 에세이에서 못다 한 이야기) - 첫 번째 책에서 '네덜란드' 와 '꿈'이라는 주제를 접목 시킬 수 없었던 (한 마디로 결이 달라서 탈락한 내용) 기록을 다듬었다.

기록한다, 너를 위해 (나의 고향 한국에서 몇 가지 끄적임) - 개인적으로 좋아하는 이석원 작가, 김교석 작가처럼 담담하고 정갈하게 때론 군더더기 없이 솔직한 내 마음을 담았다.

번외) 인터뷰 (소중한 네덜란드 사람들과의 담소) - 기획 의도를 완전히 뭉개 버릴 수는 없기에 네덜란드인들과 나눈 이야기를 집약적으로 기재했다. 따라서 글의 밀도가 떨어질 수 있다.

기록한다, 나를 위해

(첫 번째 에세이에서 못다 한 이야기)

기록한다, 너를 위해

(나의 고향 한국에서 몇 가지 끄적임)

번외 - 인터뷰

(소중한 네덜란드 사람들과의 담소)

기록한다, 나를 위해

(첫 번째 에세이에서 못다 한 이야기)

왜 하필 네덜란드

하루의 루틴이 지겨워질 때쯤, 우린 여행이란 로망을 꿈꾼다. 지겨움이 비롯된 건, 매번 똑같이 굴러가는 삶의 쳇바퀴 때문이겠지. 그런 삶에서 도망치고자 네덜란드로 떠난 건 아니었다.

스물셋, 배낭여행에서 만난 그녀는 내가 상상하던 유럽의 모습과 백프로 일치한 곳이었다. 고민도 없이 60일 배낭여행 중 25일을 네덜란드에 체류하며 다짐했다. 이곳에 다시 오겠노라고.

누구에게나 때가 있다. 내게도 찾아왔다. 네덜란드로 떠나야 할, 그때. 대학 졸업 후 한 여행회사에 근무하며 나는 학문에 대한 갈증을 느꼈다. 머리부터 발끝까지 인문학도인 내게 경영학 수업이 절실했다. 학교에서 배운 것들은 현실 세계에서 별 효력이 없었고, 결국 실무에 사용할 수 있는 나의 지식은 밑천을 드러내고야 말았다.

네덜란드로 경영학 공부를 위해 떠나기로 마음먹었다. 스물아홉, 스스로에게 그리고 그녀에게 이야기했던 약속의 시간이었다. 내가 그렸던 인생 그래프대로 움직일 차례였다.

그렇게 나는 네덜란드로 향하는 비행기에 몸을 실었다. 걱정도 실렸고 기대도 실렸다. 내 수화물의 무게는 다른 승객의 짐과 비교할 수 없이 무거웠다.

무거운 마음이었지만

무에서 유를 창조하기 위해

그렇게 나는 무지개에 올라탔다.

그렇게 그녀에게… 네덜란드에게….

브래지어까지 벗으라고요?

가난하지만 씩씩하게 나는 네덜란드에 도착했다. 누군가에겐 철없이 꿈을 이루는 막연한 이처럼 보였을 테고, 누군가에겐 절대 시도하지 못할 꿈을 찾아 떠난 자유로운 여행이었을 테지.

학교 수업은 처음부터 고난의 연속이었다. 처음 보는 생경한 외국인들도 겉으론 내색하지 않았지만 어색하고 불편했다. 개강한 지 언 한 달이 지나가지만 내게 친한 친구는 달랑 한 명이었다.

그런 어느 수요일, 우리 학과는 단체로 TB 테스트 (결핵검사 tuber-culosis)를 받기 위해 GGD (네덜란드 보건복지부, 보건소의 일종)로 향했다. 진단 후 거주허가증 발급이 최종적으로 이뤄지기 때문이다. 점심을 가볍게 해치우고 나의 유일한 친구, 캐서린Katherine에게 물었다. "지금 갈까? 아니면 커피 한잔하고 갈까?" 캐서린은 답했다. "죠디, 나는 GGD 가지 않아도 돼."

그녀는 영어 공부를 하기 위해 작년에 네덜란드로 입국한 중국인 친구였다. 이미 거주허가증을 소지하고 있었다.

캐서린 없이 향하는 GGD는 수행자의 길을 걷는 것과 같았다. 그걸 티 내지 않기 위해 친하지도 않는 무리 속에 끼어 있다가 이내 답답한 나머지 마지막 학생 뒤를 터벅터벅 따라갔다. 내향적인 사람처럼 보이지만 사실 난 꽤 외향적이다. 특히, 말하는 일과 경청하는 걸 좋아한다고 하고 싶은데 현재 잘하지 못하니 그런 말은 하지 않아야겠지? 그래도 언제나 열려있다 나는. 연락 없이 찾아오는 누군가에게도, 옆에 앉은 낯선 이방인과의 대화도 기뻐할 수 있다.

그때 였다. 대만에서 온 제니Jenny가 내 곁으로 다가왔다. MBA 과정의 존스Jones에게서 내 이야기를 들었다고. (입학식 날, 존스는 내 옆자리에 앉아 있었고 우리는 많은 대화를 나눴었다.) 캐나다에서 한국인 친구를 만난 이후로 줄곧 한국인을 좋아한다는 제니. 이런 사례 없는 호의와 관심은 그저 행복하다.

제니와 나는 다음 순번으로 TB 테스트 방에 들어갔다. 그곳엔 가슴 엑스레이를 찍는 기계가 놓여있었다. 한국에서도 여러 번 해본, 가운을 입고 상체를 기계에 대어 찍는 흉골 엑스레이. 식은 죽 먹기나 다름없었다. 이윽고 촬영실에 있던 남자 의사와 여자 의사는 내게 신체 탈의를 요청했다. 암요암요. 벗겠습니다. 자, 가운을 주세요.

"없어요."
"네???"

가운 없이 브래지어를 벗은 후 사진을 찍자는 거였다. 창피하다면, 중요 부위를 가리고 기계 앞까지 걸어오라 했다. 당황스러웠다. 나는 엑스레이실에서 카메라를 찾았다. '혹시 이거 몰카 아닐까?' 하는 망상에 휩싸여. (어쩌면 그럴지도 모른다는 불안감에!) 이윽고 옷을 주섬주

섬 입고 '다시 오겠다.'는 말을 남기고 방을 나왔다. 오랜 실랑이 탓에 시간은 꽤 지나 있었다. 옆 방에 들어간 제니는 이미 촬영을 완료하고 나온 모습이었다. 제니에게 물었다. "너 브래지어 벗었니? 우리 방 담당 의사들은 이상해." 제니는 답했다. "응, 나도 벗었어. 걱정하지 말고 벗어. 아마 브래지어 와이어 때문일 거야." 그리고 나는 조심스레 옷을 벗고… 그래, 브래지어까지 벗고… 흉골 엑스레이를 찍었다.

1. 한국에 돌아와 삼성동 베스트의원에서 흉골 엑스레이를 찍게 되었다. 이날의 기억이 갑자기 떠올라 담당 의사에게 물었다. "해외에서는 속옷까지 벗고 찍나요?"

"그런 이야기는 난생처음 듣는데요?"

2. 〈JodyLee죠디리〉 유튜브 채널에 이 에피소드를 업로드 했더니 꽤 많은 사람들이 흥미로워했다. 그중 나와 비슷한 경험을 가진 분이 댓글로 본인의 경험을 공유해줬다. '제게도 비슷한 요청을 했습니다. 하지만 저와 성별이 다른 의사에게 정중히 나가 달라고 부탁했고, 그 사람이 배제된 후 촬영했습니다.'

불합리한 일을 겪은 건 아니지만 순간의 당혹스러움은 여전하다. 네덜란드는 자유의 나라이니까… 그래서 성매매도 합법이니까… TV에서 성교육 방송도 쉽게 하니까… 그러니까… 그래서…… 발가벗고 엑스레이를 찍는 행위는 단지 '건강검진'일 뿐이라고 생각하는 건가?

브래지어를 벗고 깨달았다. 여기에 살던 저기에 살던 삶을 살아가는 건 내 의지에 달렸지만 미묘한 문화의 차이, 상황의 차이 그리고 인식의 차이는 어쩔 수 없는 간극이란 것을.

그 날 내가 착용했던 브래지어는 순면 100% 이마트 자체브랜드 데이즈 제품이었다. 수치스러운 기억을 잊기 위해 GGD에서 귀가하는 길 Artifac Tekenen en Schilderen에 들러 순면에 적합한 패브릭 물감을 구입했다. 그리고 저녁 식사 후 브래지어를 예쁘게 리폼했다.

리폼.
기억도 리폼이 될까 해서.

사실 난 입양되었다

2012년 6월 26일

I am in an adoption agency around Hongdae to help them. As I was traveling to Colombia, I met some guy from the Netherlands. And then really interested in it. When you do something you should think for that and you must act for that too.

인생이란 알다가도 모를 일이다. 혹은 내가 그렇게 흘러가도록 했을까?

몇 년 전, 콜롬비아 산힐San Gil을 여행하다가 다리오Dario를 만났다. 보고타를 거점으로 커피 농장이 위치한 살렌토Salento가 나의 주 목적지였다. 살렌토 마을을 향해 여행하던 중 배낭여행자들에게 수시로 산힐을 추천받았다. 패러글라이딩을 단돈 20유로에 마음껏 할 수 있다는 유혹과 함께. 글쎄, 살면서 '패'로 시작하는 말 중 꽤 거리감이 느껴지는 '패러글라이딩'. 내가 언제 또 20유로로 패러글라이딩을 해볼까?

띤또 (Tinto, 콜롬비아에서 블랙커피를 부르는 말) 한 잔을 들이켜고 커피 농장 투어를 끝마친 나는 이틀 후 산힐행 버스에 몸을 실었다. 산힐은 고산지대에 위치한 작은 마을이었다. 아무 조사 없이 마을에 도착해버렸고 호스텔 두 곳을 둘러본 뒤 한 곳에 짐을 풀었다. 그리고 바로 곯아떨어졌다.

다음날 호스텔 주인에게 패러글라이딩 체험을 신청하고 마을 이곳 저곳을 어슬렁거리며 맥주 한잔에 행복한 아침을 즐기고 있었다. 패러 글라이딩은 오후 2시 출발이었다. 샤워하고 출발하기 위해 호스텔에 40분 정도 이르게 도착했다. 오후 1시 20분. "왜 이렇게 늦었어! 이미 출발했어!" 나는 당황했다. "무슨 말이에요?" 패러글라이딩은 오후 1 시 출발이었다. 숫자만큼은 스페인어로 자신 있었는데… 내 불찰이 만 든 우노와 도스. (스페인어로 우노 Uno는 숫자 1, 도스 Dos는 숫자 2 를 가르킨다.)

주인은 말했다. "환불은 어려운데… 음…." 옷이 땀에 젖은 터라 씻고 싶은 마음뿐이었다. 환불은 괜찮다고 하려던 찰나, 주인은 내게 오토바 이 뒷자리에 탈 수 있냐고 물었다. "우리 직원이 오토바이로 널 데리고 갈 거야. 지금 바로 출발하면 투어 팀과 함께 패러글라이딩 할 수 있어!"

퀵서비스처럼 빨랐다. 남한산성 올라가는 꼬불꼬불 산길 같은 곳도 직원은 잽싸게 달렸다.

그를 꽉 잡고 약 20분 후, 나는 어느 산 정상에 도착했다. 세계 각지 에서 온 여행자들이 강사의 설명을 듣고 있었다. 열댓 명 남짓. 그중 우 리 호스텔에서 참가한 사람은 나를 포함 7명이었다. 오토바이를 운전 한 직원은 패러글라이딩 강사에게 나를 무사히 인도하고 돌아갔고 나 는 멀뚱멀뚱 강사의 설명을 듣기 시작했다. 곧바로 순서대로 패러글라 이딩 장비를 착용하고 강사와 함께 하늘로 뛰어들었다. 첫 주자 그리 고 두 번째 주자가 하늘 위를 나는 것을 구경할 때쯤, 철퍼덕 앉아 나와 동일한 곳에 시선을 두고 있는 한 사람을 발견했다. 조금 있으면 내 순번일 텐데 얼마나 안전한지, 무서운지 혹 사진은 찍어줄 수 있는지 물어보려고 다가가던 순간, 그가 먼저 고개를 돌려 내게 말을 걸어왔다.

"와, 진짜 멋지네요! 그렇죠?"
"네, 새처럼 하늘을 날고 있어요!"
"그런데 어느 호스텔에서 오셨어요?"
"xx 호스텔이요. 시간을 잘못 알아서 오토바이로 뒤늦게 합류했어요."
"오토바이? 와우!"
"그런데 강사님, 패러글라이딩 안전해요? 무섭나요?"
"저 강사 아니에요!"
"네?"

겉모습만 보고 판단하는 사람이 제일 싫다고 말하던 나였는데. 실수를 저지르고 말았다. 나와 대화를 나눈 그는 누가 봐도 콜롬비아인이었다. 당연하다는 듯 나는 그를 패러글라이딩 강사 중 한명이라고 오해했다. 당황한 듯한 내 모습을 보고 그는 말을 이어갔다. "저는 네덜란드에서 왔어요." 여기서 또 한 번 충격. 네덜란드? 내가 좋아하는 그 나라, 네덜란드에서 왔다고?

우리는 순번을 기다리며 대화를 이어나갔다. 다리오는 행복한 인생을 사는 사람이었다.
암스테르담 대학에서 경영학을 공부한 뒤 로테르담에 위치한 정부

기관Gemeente에서 데이터 분석가로 일하고 있었다. 가족들은 아브커드 Abcoude라는 암스테르담 인근의 작은 마을에서 살고 있고 그는 몇 년 전 월세 850유로의 스튜디오로 독립했다고 말했다. 자동차가 불필요해 지난달 팔아치우고 늘 그래왔던 것처럼 자전거를 타고 다닌다고 했다. 휴일에는 요즘 푹 빠진 종이접기를 하며 시간을 보낸다고.

멋져 보였다. 대학을 졸업하면 나도 저렇게 나 하나 잘 건사하며 살아낼 수 있을까? 대화를 이어나가기 위해 작년 네덜란드 도시 여행담을 그에게 들려주었다. 암스테르담, 헤이그, 로테르담, 유트레흐트, 알크마르, 레이덴 등등. 네덜란드에 대해 속속들이 알고 있는 나를 보더니, 그는 신기한 듯 쳐다보았다. 영어는 왜 이렇게 잘하냐며 칭찬도 해줬지만 이내 영.알.못 이었던 내 시절 이야기를 하며 한사코 칭찬을 거부했다. 그렇게 하하 호호 절대 끊어지지 않는 대화를 이어갔다. 처음 보는 그였지만, 편견을 가지고 바라본 게 미안했던 나는 평소 사람들을 대하는 것보다 백만 배 상냥하게 대답하고 있었다.

"네 이야기 많이 해줬으니깐, 나도 내 이야기 하나 할게."
"응, 뭔데?"
"난 생후 6개월, 콜롬비아에서 네덜란드로 입양되었어."

이제야 풀리는 수수께끼.
그의 모습이 콜롬비아 현지인처럼 보였던 실마리가 풀리기 시작했다. 친 부모님을 찾기 위해 처음 콜롬비아에 왔다는 다리오. 가지고 있는 자료가 부족한 나머지 소원하던 어머니, 아버지는 만날 수 없었다.

그래도 자신의 뿌리인 콜롬비아를 느끼기 위해 떠나기 전, 열흘 동안 여행 중이라고.

"그러니 이제 너무 미안해하지 마, 죠디." 이윽고 다리오의 순번이 되었다. 그는 하늘을 향해 힘차게 날아올랐다. 마치 비상의 꿈을 꾸다가 드디어 날아오르는 한 마리 새처럼. 엄마를 찾아 떠나는 그리움을 간직한 아기 새처럼. 귀국 후 여행하며 찍었던 사진들을 인화했다. 그 속엔 다리오의 비상이 찍힌 순간도 있었다. 짧은 만남이었지만 그와의 대화로 나는 한국에서 두 가지 일을 시작했다. 하나, 인화된 사진과 편지를 다리오에게 보내주었다.

Dear, 다리오
이제는 겉모습만 보고 사람을 판단하지 않아. 네가 네덜란드에서 잘 지내오던 것처럼 너의 뿌리를 단단히 하며 가족들과 행복하길.

Gr 죠디

둘, 홍대에 위치한 입양단체에서 봉사활동과 소액의 후원금을 납부했다.

그리고 시간은 흘러, 현재가 되었다. 나는 오늘 로테르담에 있는 근사한 레스토랑에서 저녁 식사를 했다. 다름 아닌 다리오와 함께! 한 번의 짧은 만남은 강렬했다. 네덜란드라는 국가에 관심이 많던 나에게 그는 사시사철 사진과 글을 보내주었다. 한국이었지만 네덜란드의 봄, 여름, 가을, 겨울을 매년 느낄 수 있었다. 네덜란드 유학을 준비할 때도 그는 이것저것 조언을 마다하지 않았다.

다리오.
그의 앞날을 진심으로 응원한다. 꽃길만 걸었으면 하는 소망이다.
그는 내게, 그런 존재다.

침대도 없지만, 행복은 여기에

(時 깨달음에 대하여)

〈침대도 없지만, 행복은 여기에〉

어른인데
철부지 같은 선택은 그만 좀 하라고
나이가 몇인데
잘 다니던 직장을 때려치우고 가냐고

나이 그리고 어른이란 말로
먹고 죽을 돈도 없다는 말로
지켜내던 내 꿈을 더는 놓치고 싶지 않습니다.
다시는 마음 한쪽 구석에 처박아 놓고 싶지도 않습니다.

난 지금 행복해요.
꿈 하나를 이뤄냈으니까요.

침대도 없이 소파에 누워있지만
아름다운 새벽 2시

〈관계〉

할 말이 넘쳐흘러
사랑과 우정이 넘쳐흘러
세월이 흘러 흘러 결국 어른이 되어버렸다.

관계-
2009년 크리스마스를
다시 이야기하며
다시 웃을 수 있는 우리 관계

다시,
감사함을 느낀다.

〈언젠가 나도 아줌마가 되겠지〉

새해 아침,
사촌 동생이 보낸 문자를 이해하지 못했다.

요즘 유행어를 모르는 나이가 되어버렸다니
이런 말을 쓰는 것조차 20대가 아닌… (어휴.)

문득,
엄마: 엄마도 소녀야. 아직 청춘이야.
나: 엄마가 왜 소녀고 청춘이야, 아줌마지!

죄송합니다.
이제야 알아버렸어요.

〈싸이월드 방명록〉

그걸 왜 없앴어요!
거기에 정말 많았는데
그 사람과 주고받았던 시시콜콜한 이야기들.

추억을 떠올리고 싶은데
기억이 나질 않잖아.

⟨아…⟩

사랑이 아닌 감정, 그렇다고 친구로서의 감정도 아닌걸

나는 너를 사랑하는 걸까?
나는 네게 의지하는 걸까?

미묘한 관계에 복잡하다가도
'이년아 뭐해. 밥은 먹었어?'
엄마의 잔소리에 정신이 번쩍.

앞으로 어떻게 살지 궁리나 하자. 사랑이 밥 먹여주는 게 아니잖아.

아…

사랑이었구나.

〈순천〉

"원룸 전세 4,500만 원."
"순천?"
"응."

시골에 살고 싶은 마음은 변하지 않더라.

〈창피했어요〉

저는 오늘도 제 감정을 기록합니다.
그리고
몇 해 전에 쓴 제 노트도 한 번 넘겨봤어요.

창피했어요.
솔직한 감정과
조금은 아이 같은 칭얼거림과
그 모든 것을 꾹꾹 눌러 담은 노트에 얼굴이 화끈거렸거든요.

이 글도
내년에 읽으면 창피하겠죠?

갑자기, 문득

학기 반이 지나고 겨울 방학이 시작되었다. 에세이 과제 지옥에서 잠시 벗어나 아침부터 명상을 시작했다. 그간 너무나 학업에 충실한 죄, 그렇게 내 감정을 갉아먹은 죄, 모든 게 뜻대로 흘러가지 않을 수도 있다고 속단한 죄를 뉘우치며. 오랜만이었다. 맑은 기운도 바람도 그냥 마냥 좋은 순간…

최근 이런 깨달음을 얻은 순간들이 종종 있었다.

1. 수다나 떨자고 영어를 쓰고 있는 게 아니었는데… 네덜란드에 와서 처음으로 내 또래와 깊은 대화를 나눴다. 영어를 잘하는 사람보다, 영어로 얼마나 의미 있는 말을 할 수 있는 사람인지가 중요한 것 같다. 언어는 마음먹고 배우면 누구나 할 수 있지만, 상대방과의 교감은 책상 머리에서 배울 수 없으니까. -Iva와 이야기를 나누며 행복했어-

2. 이 노래만 들으면 슬프더라. 가슴 속 응어리인가? 혹자는 그랬다. "역경을 거꾸로 읽어봐… 경!력!" 역경은 너의 경력이 될 거다. (내 경력 부장급?)

바쁘다. 아프다. -'나는 문제없어'를 듣다가 왜 눈물이 났지-

3. I prefer a person just trusts and supports me whatever I do.
내가 무엇을 하든 믿고 지지해주는 사람을 선호한다.

-그런 사람이 어디 있겠냐? 반문하는 설희 언니와 문자를 하며-

4. 잘난 것 하나, 개뿔도 없는 나 자신이 아름다워 보일 때가 있다. 메이크업 후는 아니고 명품 백을 들었을 땐 더더욱 아니다.

나는 주위 사람들을 잘 챙기는 편이다. 친구, 선배, 후배… '내 사람'이라고 생각되는 인물들은 매년 다이어리에 기록되어지는데, 그건 바로 그들의 생일이다. 최소한 생일 만큼은 챙겨주고 싶어 문자 하나라도, 커피 쿠폰 하나라도 보내 정성 어린 마음을 표한다. 여기서 조금 더 추려진 인물들에게는 자필 편지도 종종 쓰는데, 그건 내가 여행을 가서 또는 연말 정도에 보내곤 한다. 어렸을 때부터 사람 사귀는 걸 좋아했다. 그건 태어난 기질에 의한 무언가였다.

수능을 보고 난 후 나는 수내역에 위치한 오므토토마토 (지금은 사라진 오므라이스 체인 레스토랑)에서 인생 첫 아르바이트를 시작했다. 그곳에서 만난 명희는 (그녀는 개명하여 '지아'로 살고 있는데 나에겐 여전히 명희가 친근하다) 아주 활기찬 소녀였다. 명희는 홀에 있는 직원과 주방에 있는 직원들 심지어 매니저들에게 전화번호를 묻고 저장하곤 했는데 어느 날 소녀에게 물었다. "전화번호는 왜?" 소녀는 답했다. "내가 알고 있는 사람이 나중에 어떻게 살고 있을지 궁금하잖아."

"어차피 내일도 볼 텐데?"

"내일도 보지만, 이것도 인연이잖아. 한번 알게 된 인연은 소중한 거 같아."

나의 천성은 '사람을 좋아하는 거'였다. 명희를 만나기 전까진. 소녀
덕분에 친한 사람들과의 '인연'을 소중히 여겨야 한다는 사실을 배우게
되었다. 정확히 2006년 12월에 알게 된 인생의 진리였고 그해 겨울은
아주 매서웠지만 나는 소녀에게 더 많은 이야기를 듣고 싶어 퇴근길 항
상 맥도날드에 들러 아이스크림콘을 먹으며 수다를 떨다가 헤어지곤
했다. 덕분에 아르바이트를 하며 알게 된 명희와 여전히 연락하며 지낸
다. 이런 인연도 없을 테지?

　네덜란드로 떠나기 전 강남역에서 만난 그녀에게 오래된 고백을 했
다. 네 덕분에 나는 사람을 잘 챙기는 멋을 가지게 됐다고. 나는 절대 예
쁘고 귀엽고 애교가 많은 여자는 아니지만 '인人'이라는 미덕이란 아름
다움을 가지게 됐다고.

"내가 그런 말을 했어?"

　그녀는 기억하지 못했다. 그래도 내가 기억한다, 소녀의 그 사랑스러
운 이야기를. 소녀 덕분에 원래 알고 지낸 친구들과의 우정을 더 단단
하게 만들 수 있었고 그 후에 알게 된 인연들은 내 사람이라는 울타리
안에 여전히 끈끈히 존재한다.

20년이 다 되가는 초등학교·중학교 친구들 **성아, 현아, 연우, 희나**

내 인생 제일 즐거웠던 고등학교 친구들 **나리한, 덕희, 희선, 지혜, 현지, 승은, 화임**

보이지 않는 끈끈함의 대명사 대학교 친구들 **주영, 정희, 영경**

그리고 소중한 인연들 **선웅, 슬기, 김환, 지혜성님, 환석, JJ, Makiko, Nozomi, Brano,**

Katherine, Sinem, Jenny, Jos, Joke, Peter, Raphael, Thao, Yijie, Joyce, Eileen, Kyle

그리고 명희 아니⋯ 지아까지!

소녀 덕분에 나는 이곳 네덜란드에서도 친한 친구들을 만나게 되었다.

5. 삶을 치열하게 산다. 누군가 나를 보면 휴식을 권유할지도 모르겠다. 하지만 이 씩씩함과 건강한 기운이 다름 아닌 당신에게 느껴지면 좋겠다. 그래서 나를 생각하는 내내 미소를 잃지 않았으면 좋겠다. 일상에서 길어 올린 작은 깨달음을 기억하기 위해 오늘도 몇 글자 적어둔다.

크리스마스 카드가 내게 다시 돌아온 이유

시시콜콜 농담을 하며 걷는다. 이방인에게 역시나 친구는 보물이다. 있는 그대로의 나를 좋아해주는 친구에게 고맙다. 감사하다. 행복은 멀리 있는 게 아니다. 어쩌면 지금 내 앞에, 내 주위에. 크리스마스 덕분에 내게 과분한 우정과 사랑을 준 친구들에게 작은 마음을 담은 카드를 쓴다. 물론 한국에 있는 가족들에게도 몇 글자 적어본다.

아마도 언젠가 다시 한국에 돌아갈 거 같은데 지금을 즐기겠다고.
건강히 행복한 연말을 보내시라고.

부모님은 어쩌면 익숙할지도 모르겠다. 없는 가정 형편에 꿈은 커져만 갔다. 결핍이 나를 단단하게 꿈꾸게 했다. 난 지금 친구들처럼 해외여행을 갈 수 없으니까. 난 지금 너희처럼 해외 유학을 갈 수 없으니까.
할 수 없으니까 할 수 있도록 만들고 싶어졌다. 돈을 모으고 장학금을 받아 20대가 조금 넘어서 이곳저곳 다녔다. 몽골, 러시아, 중국, 미국, 캐나다, 콜롬비아, 일본, 네덜란드, 덴마크, 스웨덴, 아이슬란드, 체코, 오스트리아, 헝가리, 이탈리아, 프랑스, 벨기에, 스페인, 모로코, 룩셈부르크, 독일…. 난 그때마다 자주 집으로 엽서를 보냈다.

아마도 언젠가 다시 한국에 돌아갈 거 같은데 지금을 즐기겠다고.

건강히 행복한 연말을 보내시라고.

낯선 이방인으로 여행하는 순간들 속에서 누군가를 만나 새로운 이치를 알게 되는 것. 나는 그 행위를 원했다. 즐겼다. 그리고 성장했다. 그게 나의 여행이었고, 타지에서의 삶이었다.

사변적이고 관념적인 고민도 로맨틱하게 흘려보낼 수 있는 순간이 있다. 특히 유럽에서의 크리스마스 시즌이 그러하다. 봄, 여름, 가을, 겨울 이토록 선택지가 많은데 난 겨울의 유럽이 그렇게 좋더라고. 한기가 느껴지는 바람에 모든 게 떠났지만, 낭만만은 잔류하는 파리의 하늘을, 암스테르담의 운하를, 그리고 프라하의 추억을 그리워하곤 한다. 차가운 공기를 들이마시면 늘 생각나는 노래 코다라인Kodaline의 High Hopes를 들으며 나머지 카드를 적어 내려간다. 네덜란드 친구들 그리고 한국과 탄자니아로 보낼 몇 장의 카드를 우편함에 넣는다. 불과 몇 달 전, 같은 교실에서 공부했던 라파엘Raphael은 졸업 후 고향으로 돌아가 복직을 했다. 시간 참 빠르다. 아니, 시간 속에서 느껴지는 빠름이라는 건 어쩌면 아쉬움이겠지. 그립다. 낭만을 소비하던 시절… 그 시절을 함께 보낸 친구들.

거기까지였다. 따뜻하고 낭만적인 감정은 5일 후 사그라져 들었다. 한국과 탄자니아로 보낸 카드는 다시 우리 집 우편함으로 돌아왔다. 우편배달부 중, 종종 영어의 Receive와 Send를 헷갈리는 사람이 있다고 한다.

그 후로 나는 편지를 쓸 때마다 삐뚤빼뚤 Ontvanger(Receiver) 와
Afzender(Sender)를 그리고 있다.

방학한 거야? 행복한 거야?

　고모가 새해 복 많이 받으라고 문자를 보내주셨다. 지금 뭐 하고 있 냐고 하셔서 여행 중이라고 답했다.

　- 방학한 거야?
　- 아니요, 별로요.

왜 '행복한 거야?' 라고 읽힌 걸까?

그날의 분위기

모든 것이 아름다워 보일 때가 있다. 초라한 나 자신 조차 아름다워 보이는 순간. 평소처럼 흘러가던 그 날도 다를 게 없었다. 하지만… 비가 와서 운치가 있었던 걸까? 조금 취했던 탓이었을까?

'이런 나도 조금 더 나은 사람이 될 수 있다면, 이런 나조차 이곳에서 받아 준다면, 더 열심히 최선을 다해 살아 봐야지.' 스스로 다짐해본다.

다짐을 여러 번 하면, 결국 지키지 못할 목표가 되더라. 살아보니 그런 것들이 참 많았다.

'이번 방학 땐, 스페인어 꼭 마스터해야지!' 몇 번이나 이야기 했던가?

'내일부터 상냥한 딸이 되어야지!' 이제 우리 엄마는 흘려들으신다.

아무튼 그래서, 나와의 약속을 꼭 지키기 위해 이번 다짐은 한 번만, 제대로, 또.박.또.박. 내 마음속에 담는다.

분홍색으로 물든 하늘을 바라본다. 역시 로제 와인이 제격이다. 분위기에 취한 게 아닐지도. 이곳에서 다가올 미래를 그려보니 괜히 떨리고 기대되어서. 적당한 습도와 온도가 만들어낸 바람이 불어온다. 좋다. 내 곁에 아무도 없지만… 관혼상제의 책임을 다하지 않았지만… 그냥 지금, 이 순간 이대로가 좋다.

1. 취업만 빼고 모든 것이 완벽한 순간이다. 왜 나는 바보 같은 짓을 했을까? 이곳에 와서 내가 이루고 싶었던 목표는 결국 경제적 여건에 의해 잠시 미루게 되었다. 자존감은 바닥이 되었고.

언제가 될지 모르겠지만 네가 하고 싶은 것을 하렴.

그리고 항상 감사하며 살자.

2. 실은, 사람들은 나에게 그다지 큰 관심이 없다. 별 신경을 쓰지 않는다. 빨간 바지를 입고 강남을 활보한다고 해도 처음 그때뿐이다. 신기한 듯 쳐다보겠지만, 다들 제 갈 길들을 간다. 그런데 왜 떠나왔을까? 그 눈길조차 싫어서?

3. 사람에게서 배운다. 사람에게서 감동하고 성장한다. 내가 만난 사람, 읽은 책 그리고 어제 들었던 음악이 현재의 나를 만들었는지도 모르겠다. 네덜란드에서 멋진 어르신들을 많이 만났다. 내게 Old friends 들이 더 많다는 건 함께 클럽에 갈 친구가 없다는 것을 방증하는 건 아니다. 우린 함께 재즈바에 가고 연애 이야기도 하며 심지어 틴더 (Tinder)니, 아자르 (Azar)니 이런 앱에 관해서도 토론한다. (전 세계 친구를 사귈 수 있는 채팅 기반 앱, 한마디로 소개팅 앱.)

어르신들에게서 삶의 식견과 경륜을 습득한다. 아직 부족한 내가 할수 있는 건 그들에게 배운 것을 조금이라도 흉내 내는 것. 바로 내리사랑이다. 조건 없이 받은 사랑과 깨우침을 동생들에게 전하려고 노력한다. 인생의 선배들로부터 시작된 선한 영향력이 나를 관통해 후배들에게도 잘 전달되길 바란다.

　나아가 그들의 후배들에게도 퍼져 나가길.

음주 금지

I am in Amsterdam where everyone can be a freeman!

암스테르담에 있다. 자유와 평등의 나라로 알려진 네덜란드는 성매매가 합법이요, 마리화나도 합법이요, 동성애도 합법이다. 모두가 자유를 누릴 수 있는 그곳에 지금 내가 있다. 운하에 걸터앉아 삼삼오오 한 잔의 여유를 즐기는 것이 지금, 이 순간 내가 제일 부러워하는 행위이자 또 내가 현재 하고 있는 행위.

며칠 전 현지인 친구에게 들었던 말 같지도 않은 말. "공원에서는 음주 금지야!" 공원은 금지고 운하 노상은 허용? 기가 찰 노릇이지만 그 또한 어떠하리. 이곳에 존재할 수 있음에 감사하다.

그렇게 감사히 마시고, 취하고, 걷는다.

내가 걸어가는 이 길 위에서 나는 또 얼마만큼 슬퍼하고, 얼마만큼 기뻐할까? 어떻게 성장하고 무엇을 배울까? 고민 속 기대, 기대 속 고민.

날 응원해줘, 암스테르담!

취했습니다 (시각과 청각이 흐릿해지고)

플레이 리스트 (music)

Christopher Owens - Heroine

Wouter hamel - Maybe I'll enjoy it next year

아워멜츠 - Time feedback

JP Cooper - Colour me in gold

김진호 - 투데이

Kakkmaddafakka - Gangsta

Kakkmaddafakka - Drø sø

윤도현 - 당신이 만든 날씨

Leftover Cuties - You are my sunshine

조원선, 윤상 - 넌 쉽게 말했지만

Milow - Howling at the moon

RM - Uhgood

Jamie Lidell - Multiply

Kings Of Convenience - I'd rather dance with you

Erlend Øye - La Prima Estate

윤석철트리오 - 여대 앞에 사는 남자

Never Shout Never - On the brightside

이소라 - 나를 사랑하지 않는 그대에게

Jehro - Sweet

최백호 - 낭만에 대하여

Ella Fitzgerald - Lullaby of birdland

자우림 - 샤이닝

Ynot? - 파란

Passenger - Let her go

그리고…

오래오래 듣고 싶은 James Galway

플레이 리스트 (movie)

Words and ideas can change the world.

- 죽은 시인의 사회 1989 -

It's not your fault.

- 굿 윌 헌팅 1997 -

People can't do something themselves they want to tell you
"You can not do it."

- 행복을 찾아서 2006 -

Give me your hand? Do you know what this is? It's my heart.
And it's broken.

   I'm not going to tell the story the way it happened. I'm going
to tell it the way I remember it.
   - 위대한 유산 1998 -

그리고…
밖으로 나간 트루먼은 행복해하고 있을까?
   - 트루먼 쇼 1998 -

독도는 우리 땅 (Dear, 슈헤이)

어제였다. 장학재단 니코Nico의 소개로 UN 산하 NGO 담당자를 만나 이런저런 이야기를 나누게 되었다. 일본에서 온 장학생 슈헤이 Shuhei도 함께. 대화 말미에 슈헤이는 갑자기 국제법 이야기를 꺼냈다. 분명 한반도와 관련된 이야기였는데, 도통 무슨 소리인지 알아듣지 못했다. 그의 전공이 국제법임을 고려할 때, 내가 당연히 모를 수밖에 없는 분야이긴 했다. 그렇게 나의 무지를 합당시켰다.

무지도 죄라 했던가? 죄를 씻기 위해 나는 영어로 대화를 나눌 때 이해 가지 않는 단어나 문장은 묵과해두었다가 나중에 찾아보곤 한다. 하지만 어제 들은 국제법 단어는 매우 생소했다. 전혀 기억나지 않았다. 창피함을 무릅쓰고 슈헤이에게 문자를 보냈다.

'네가 어제 말했던 ICJ가 뭐야?'
'한국이 무엇을 받아들이지 않았다고? 그게 뭐니?'
'그런데 일본은 받아들였다고?' 이렇게 시작된 질문들… 내용은 이러하다.

  – 국제사법재판소 (ICJ)는 UN의 사법기관으로 설립 (UN 산하기관)
  – 국가 간의 법적 분쟁을 국제법에 따라 해결하고, UN의 기관들과 특별

기구들의 법적 질의에 대한 '권고적 의견'을 제공하기 위해 1945년 설립

- 설립 취지는 국제분쟁의 평화적 해결을 통한 UN 헌장 상의 국제 평화와 안전 유지

- ICJ는 현재 네덜란드 헤이그의 평화궁에 소재하며, 재판부와 사무국으로 구성됨

- 한국은 현재 ICJ의 강제관할권 수락 선언을 하지 않음으로써 ICJ 규정 제36조 제2항 상의 모든 법률적 분쟁에 대한 ICJ의 관할권에서 면제됨

- 일본은 이 국제사법재판소에 다케시마에 대한 건을 1954년과 1962년, 두 차례에 걸쳐 제소해왔지만, 국제사법재판소란 한쪽에서 제소해도 상대국가의 응소가 없으면 재판의 의무가 없기 때문에 한국이 제소를 응하지 않는다면 재판이 이루어지지 않음

- 한국은 이 재판소의 의무적 관할을 선언하지 않았기 때문에 한국이 제소를 받아들이지 않는 한, 재판이 이루어질 수 없음

- 우리나라는 독도가 대한민국 영토이기 때문에 재판은 말도 안된다는 입장

- 반면 일본은 한국이 일본과의 재판에서 이길 가능성이 희박하기 때문에 재판을 회피하는 것이라고 주장하는 중

  결론은 독도 이야기를 하고 싶었던 거구나? 모든 학문은 연관이 된다는 것을 다시 한번 깨달았다. 학부부터 현재에 이르기까지 내가 수학한 역사학-몽골학-동아시아학-국제커뮤니케이션… 이렇게 공부했어도 국제법에 대해 알지 못해 대화를 이해할 수가 없었다니, 부끄러워졌다. 결국 슈헤이가 이야기 하고 싶었던 주제는 "독도".

독도는 우리 땅! 독도는 우리 땅! 독도는 우리 땅! 공부 더 열심히 해야지. 그럴 거야!!

* 오늘의 단어

Jurisdiction 사법권

ICJ (International Court of Justice) 국제사법재판소

Discretion 자유재량

이중적인 사람들

걸어서 15분, 운하에 닿을 수 있는 집에 살고 있다. 여기저기 눈 돌리면 예쁜 곳 투성이인 이곳 현실은 조금 버겁다. 장기 체류자만이 인지할 수 있는 사실이라고 해두자.

지겹도록 반복되는 일상과 한국의 위계질서에 환멸을 느껴 복지국가를 동경하는 이들이 많다. 나도 그랬고.

삶은 멀리서 보면 희극, 가까이서 보면 비극이라고 했던가? 여행자들이 느끼는 유럽의 향은 희극이다. 좋은 것만 보고, 느끼고 그렇게 에너지를 얻어 돌아간다. 하지만 우리 내 교민들은 익숙해 지려해도 여전히 섞일 수 없는 이방인의 모습을 띤 채 살아가기도 한다.

담담하게. 덤덤하게.

오랜 외국 생활에 자아를 분실하는 이들이 종종 있다. 지금 한국에 돌아가면 적응하지 못할 것만 같은 불안함에 휩싸이는 누군가도 있고, 네덜란드에서는 분명 이방인인데 그렇다고 한국에서는 과연 온전한 한국인으로 살아갈 수 있을까 고민하는 누군가도 있다.

그래서 난 복에 겨운 년이다. 고민과 불안에 휩싸이다가도 돈 걱정에 자연스럽게 스위치가 된다. 이런 걱정할 바에 이력서를 한 장 더 쓰자고. 이런 걱정할 시간에 한국에 돌아갈 계획을 세우자고. 그것도 아니라면 네덜란드에 완벽히 적응할 계획을 만들자고.

그럼에도 불구하고, 지금 내가 있는 이곳이 네덜란드라는 것.
그 사실에 벅차오르다가 또…
훅- 꺼진다.

오늘은 아무도 나를 위로해주지 않으면 해.
찡찡 슬퍼하는 거.
툴툴 안 좋은 것들만 이야기하는 거.

그러려면 왜 갔대? 내 안의 또 다른 나를 타이르고 꾸짖어보는 하루.

연휴의 끝

길었던 연휴가 끝나가고 있다. 여행을 마치고 돌아온 네덜란드는 마치 내 '진짜' 집처럼 아주 편안하고 따뜻하다. 콜록거리는 내게, '진짜' 생강을 잘라 Fresh Ginger Tea를 선사해주신 당신 덕분에 여기, 잠시 앉아 지난 2주간의 일들을 정리해본다.

여행하면서 종종 적어 두었던 메모를 꺼내 보니 참 형편없는 인간임을 스스로 방증하고 있다. 완벽한 사람은 없다지만, 괜찮은 사람이 되고 싶었는데 아직 갈 길이 멀었구나. 누군가의 사랑을 받았고, 누군가에게 상처를 주고 추억을 공유하며 즐거웠던… 하지만 그때의, 그 과거의, 그 편린을 갑자기 환기할 수 있었던 순간들이 있었고 때론 그 말들이 머리를 지끈지끈하게 만들기도 했던 시간이었다. 공허하지만 따뜻한, 쓸쓸하지만 달콤한, 이 생강차가 식기 전에 다 마시고 가야겠다.

*Fresh Ginger Tea

네덜란드인들이 즐겨 마시는 차 중의 하나.

민트티, 진저티 등 네덜란드 모든 카페 메뉴에 존재한다. 산뜻한, 날 것 그대로의 차를 음미하고 싶다면 Try!

잘 가 마키코

손대면 톡 하고 터질 것만 같은!

이 감정을 그대로 전하고 싶어서 떠나는 마키코Makiko에게 작은 편지를 썼다. 아무도 모르는 언어를 배우기 위해 우리는 몽골에서 만났고 그렇게 친구가 되었다. 그 후로 한국과 일본 그리고 다시 한번 한국과 몽골에서 만났다. 때가 되면 (생일 또는 크리스마스와 같은 특별한 날) 서로에게 안부 편지를 보냈고, 좀 더 괜찮은 나를 만들기 위해 떠났던 미국에서도 난 마키코의 편지를 받곤 했다.

맞다. 비슷한 게 아주 많다. 편지를 좋아하는 아날로그 감성, 아무도 없는 미지 국가 몽골에 대한 찬양 (심지어 우리는 생일도 같다), 끝없는 생각과 고민으로 가득 찬 순간들을 우리는 좋아했고 함께 공유했다.

아주 오래된 일이 아닌 것 같았다. 1년 전? 조금 보태 3년 전 일이라고 해도 될 만큼, 내 기억이 너무 또렷하니까… 하지만 마키코 말에 의하면 몽골에서 공부하던 시절이 2009년부터 2010년.

7년이 지났다. 우리가 좋은 친구가 될 것이라고 7년 전부터 알고 있었지만, 우리가 잠시 동안 몽골에 대한 기억으로부터 멀어지고 싶어 할 줄은 미처 인지하지 못했다. 몽골의 모든 일이 정말 소중하지만, 그 기억으로 인해 우리 스스로 갇혀 지내는 일들이 많았기 때문이다. 어쩌면 어른이 되었다는 신호일지도 모르겠다. 모든 것이 낭만적이고 오직 한 가지 목표를 위해 지냈던 그 날들로부터 멀어져야만 하는 시기가 온 걸까? 난 철공이 아닌데? 철들고 싶지 않은데? 어쩌지?

마키코는 떠났다. 아주 울컥했다. 남자친구가 가버린 것처럼 눈물이 났다. 여전히 잘 모르겠다. 어떻게 설명하면 좋을까? 몽골의 모든 기억, 그리고 그곳에서 만났던 사람들은 그저 내게 소중한, 생각하면 할수록 울컥거리는…

손대면 톡 하고 터질 것만 같은!

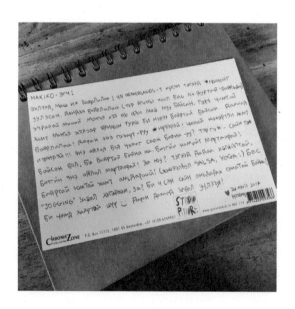

인맥은 어디를 가도 중요하네

정확히 11개의 이력서를 넣고 인터뷰 기회를 얻었다. 기록용으로 몇 글자 적어야지. 네덜란드에 지사를 둔 홍콩계 인터내셔널 회사다. 긴장한 마음에 집에 있는 화이트 와인을 두 컵 마셨다. 술을 마시면 영어를 더 잘하는 건 아니지만, 이상한 단어나 틀린 문법을 써도 개의치 않고 잘도 이야기 한다. 벌컥벌컥-

방금 인터뷰가 끝났다. 마지막 질문 시간이 주어졌을 때, 내가 뽑힐 거 같냐고 넌지시 인사 담당자에게 물었다. "That is a good question, but I can not tell you now. Because I have many applicants. You will have the result within 2 weeks."

느낌상, 반반이다. 앞으로 지원자들이 월등한 인터뷰 실력을 갖췄다면, 난 탈락하겠지. 그래도 영민한 지원자들 틈에서 작은 기회를 얻게 되어 기쁠 뿐.

열심히 하자. 실패해도 괜찮아!

나는 실패를 받아들일 수 있다. 모두 무언가에 실패하기 때문이다. 하지만 시도도 하지 않는 것은 받아들일 수 없다. 실패하지 못한 걸 후회하는 사람도 분명 있을 거다. 시도조차 하지 않았으니 실패조차 없을 테지. 실패가 없다면 성장할 수 있는 자양분이 없는 셈이다. 내가 생각하는 이 지론이 부디 먼 훗날 정답 이길 빌어본다.

　이후로 나는 실패를 계속했다. 서류 합격 후 인터뷰를 보기까지 꽤 오랜 시간이 걸렸다. 합격률은 30% 정도? 10장 쓰면 3번 꼴로 면접을 봤다. 어지간한 끈기 없이는 정말 못 해 먹을 짓이었다. 하루는 이런 내게 취업 일타 강사가 되어주겠다며 다리오에게서 연락이 왔다.

"네덜란드 채용 프로세스가 궁금해?"
"아니. 어떻게 뽑히는지가 궁금해."

　학벌, 지연이 당연한 우리나라처럼 네덜란드도 비슷한 경향이 존재한다. 내가 아는 사람 중, 업무능력을 보증할 수 있다면 추천제로 면접까지 볼 수 있다나? 즉, 이러하다.
　기업은 공석이 생기면 같은 부서 내, 이동할 직원을 모집한다. 적합한 직원을 뽑지 못했다면 전 직원을 대상으로 지인 (경력과 믿음이 수반되는 사람) 추천제를 공고한다. 그럼에도 불구하고 진행이 더딜 시 회사 구인 공고란과 인재채용 헤드헌터에게 연락을 취한다.

"네가 하고 싶은 직무가 명확하다면, 주위 사람들에게 일자리를 구하고 있다고 마구마구 퍼뜨려!"
"왜?"
"네덜란드는 지인 추천제로 면접을 진행하는 회사가 정말 많아."

낙하산은 없지만, 네덜란드 역시 인맥이 중요하다는 사실. 살아가면서 점점 느낀다. 사람 사는 거 어디나 비슷하다는 걸. 그럼에도 불구하고 삶을 여행할 것이다. 그리고 그 여행의 과정을 온전히 느낄 것이다. 그 과정은 결국 나의 스토리가 될 테니까. 수십 장의 이력서… 수십 번의 거절도… 스토리의 한 조각.

스토리가 있는 사람, 그렇게 성장해 나갈 거다.

너의 결혼식 (時 그리움에 대하여)

〈너를 비우기 위해 바다로 향하는 그 길목에서〉

파도 소리를 들었어.
바다 내음을 맡았어.

그리고
내 마음을 보았어.

〈너의 결혼식〉

축하한다는 그 말이 어찌 내뱉기 힘들던지
네 마음을 흔들어 놓는 말을 내뱉을까 고심했어.

그런데 흔들리는 네 모습을 보기는 또 싫어서
그런 남자를 만났던 나 자신이 싫어질까 봐
꾸욱 삼키고 말았지.

〈파도〉

우린 어렸고
감정에 서툴렀고
현실과 이상에 대해 고민했다.
너무. 많이. 지나칠 정도로.

조금 살아보니
인생 별거 아닌 거 같은데, 사랑 별거 아닌 거 같은데

우린 왜 그렇게 진지했을까?

〈안녕〉

참 우습기도 하지.
이젠 더 이상 떨리지 않아.
내 모습 무섭게도 침착해. 이것 좀 봐.

무너진 내 마음이
이젠
무뎌진 마음으로 변해
내 모습 무섭게도 침착해. 이것 좀 봐.

사랑의 순간들
이별의 순간들
여전히 기억나
하지만 내 모습 무섭게도 침착하다.

이젠 정말
안녕

기록한다, 너를 위해

(나의 고향 한국에서 몇 가지 끄적임)

습관의 변화_취중녹음

불현듯 떠오른 것들이 있을 때마다 메모를 하는데 요즘엔 녹음이란 걸 더 자주 한다. 다시 들어보면 내 목소리에 민망, 내 감정에 화들짝.

우리 아버지는 약주를 드시고 노래방을 즐겨 가시는데, 나는 휴대폰 녹음 버튼을 켜고 하고 싶은 말을 해댄다. 바로 취중녹음. 원래 사람이 술에 지게 되면 감정에 솔직해지고 가슴 속에 묻어 놓은 말을 하게 된다. (나는 그렇더라. 그런 사람이더라.) 그날도 어김없이 맥주 두 잔에 기분이 좋아졌고 '아무 소리'나 하고 싶었다. '아무 소리' 중에 떠드는 내 진심을 나는 알고 싶었다. 보이지 않게 숨겨둔 감정을 휴대폰에 담고, 아침에 일어나 콩나물국을 해치우며 글로 적어 내려가고 싶었다.

헛소리, 아무 소리, 쓸데없는 소리.

대학 졸업 후 공채로 들어간 첫 직장에서 팀장님을 만났다. (그는 우리 팀 수장은 아니었고 바로 옆 팀의 수장이었다. 자세히 말하면 본부 개편에 의해 입사 후 한 달 동안 우리를 관리했으나 새로운 팀을 꾸려 나가게 되었다.) 집 방향이 같아 여러 번 함께 퇴근길을 나섰는데, 신입이었던 내겐 팀장님이 엄청 대단한 존재로 보이던 터라 하고 싶은 말이나 생각나는 말을 편하게 할 수 없었다. 그러던 어느 날, 분당으로 향하는 광역버스에서 팀장님이 '헛헛' 웃으며 말했다. "하고 싶은 말 있지? 편하게 해. 말 안 할 거면, 난 시규어로스Sigur Ros 들으며 판교까지 잘 거다!"

시규어로스 라니. 아이슬란드 밴드를 아는 사람이 내 전방 50cm 내 있다고? 제3세계 노래 듣지 말라고 동기한테 타박이나 들었는데 어느새 팀장님에 대한 거리감이 사라졌다. 이윽고 나는 어렵게 입술을 떼었다.

"아 그게요… 팀장님…."
"응, 뭐야 도대체?"
"아… 사실은 그냥 쓸데없는 소리거든요. 그래서…."
"쓸데없는 소리? 세상에 그런 게 어딨어. 모든 생각과 말엔 의미가 있지."

그 후로 난 쓸데 없는 소리, 이름하여 개소리도 내 마음에 귀를 기울이려고 노력한다.
팀장님, 잘 지내세요? 결혼하셔서 떡두꺼비 같은 아이는 보셨는지, 여전히 약주는 많이 하시는지 쓸데없는 걱정을 하네요.

아니…
쓸데없지 않죠?

말 한마디가 천 냥 빚을 갚는다고 했지

How many times, did you tell your friends "THANK YOU" and "SORRY"?

Saying is easy, simple and does not cost any money.

얼마나 많이, 얼마큼 자주

당신 주위에 있는 사람들에게 말하나요?

"고마워."

"미안해."

말 한마디 참 쉽습니다.

돈이 들어가는 것도 아니고요.

좌 봉태규, 상 아무튼 시리즈

그래도 나름대로 선방하고 있는 나의 첫 번째 에세이 책 『그래서 네덜란드로 갔어』! 이게 좀 애처롭다고 해야 하나? 유명인 에세이와 유명 시리즈와 함께 배치되어 있기에 황송하지만 혼자 버텨주고 혼자 싸워주고 있는 모습이 물가에 내놓은 자식 같기도 합니다.

결론은 하모니북 고맙고요. 읽어주신 독자분들 감사하고요. 앞으로도 넌 안된다고, 너의 제안 거절할 거라고… 꿈이 자꾸 무너져도 계속 문 두드리겠습니다. 문을 열어주는 감사한 분들이 있었기에 이 만큼 왔거든요.

그러니까 당신도 포기하지 마.
사람들은 그러더라. 나이가 들수록 포기하는 것도 용기라고.
하지만, 우리 아직… 청춘이잖아?

할 수 있음에도 불구하고
나이라는 이유와 세월이라는 야속함에
너의 포기를 정당화 시키지 마.

꿈은 아직 네 곁에 있다. 민정아.

역시나 사람

사람에게서 상처받고 사람에게서 위로받는다.

이참 얼마나 모호하고 슬픈 일인가. 태어나 한 번도 상처받지 않은 사람은 없을 터, 그래서 나의 상처 몇 조각을 공유해보려 한다.

1. 학창 시절을 돌이켜보면 유독 짝수일 때 나는 운이 없었다. 친구를 잘못 만난다던가 어울릴만한 학급 내 그룹을 찾지 못해 재미없게 때론 쓸쓸하게 보낸 학기가 있었다. 초등학교 4학년 땐, 집안의 경제적 형편으로 전학을 세 번 다니며 학교에 쉬이 정을 붙이지 못했다. 6학년 땐, 짝꿍의 괴롭힘과 전교 회장 선거에 낙선하는 바람에 '나는 쓸모없는 아이구나.'라고 생각했다. 그 생각이 적중했다고 믿었던 건, 우리 학교에 촬영 나온 어느 방송사 PD아저씨 때문이었다. 아저씬 어린이 회장 선거 다큐를 촬영하셨는데 주인공을 애초 나로 정하시겠다고 말씀하셨다. 그리고 나는 보기 좋게 낙선했다. 아저씨께 죄송했다. 본디 주인공은 회장에 당선되어야 하는 거니깐. "괜찮아." 아저씨는 말했다.

한 달 여쯤 지나 분당동 태현공원에서 엄마와 롤러브레이드를 타고 있었는데 거기서 우연히 PD아저씨를 만났다. 엄마와 아저씬 깊은 대화를 나누셨는데 나는 또 그걸 엿듣고야 말았다.

"왜 우리 애를 주인공으로 정했어요? 당선될 것 같은 아이들도 많았을 텐데."

"떨어질 것 같아서요."

일찍이 PD아저씬 실패자를 앵글로 담으려는 기획 의도를 가지고 계셨다. 선거에 떨어질 것 같은 아이를 주인공으로 잡았고 다큐는 레코딩 되었고 TV에 전파되었다. 13살이었던 나는 아저씨에게 상처받았다. '아저씨가 뭔데 내가 떨어질 것 같다고 판단했지?'

20년 전 그 때를 다시 떠올려본다. 이제야 PD아저씨의 마음을 알 것 같다. 선거의 결과야 어찌 됐건 내 인생은 내가 주인공이란 사실을. 이런 작은 실패를 노출시키면서 시청자들에게 용기와 위안을 주려고 하셨다는 사실을. '주인공은 멋지게 성공해야 한다.'는 것 역시 내가 가지고 있었던 고정관념이란 것을. 그리고 진짜 주인공은 고난과 시련을 겪고 마지막에 행복하다는 것을. 20년이 지난 오늘에서야 아저씨의 기획 의도를 이해하고 위로 받는다.

2. 짝수의 비극은 중학생이 되어서도 계속되었다. 중2 시절, 같이 놀던 무리 내에서 다툼이 일어났다. 새우 싸움에 고래 등 터진다고 했나? 전혀 관여하지 않았던 내가 결국은 외톨이 신세가 되었다. 사회생활엔 조금의 정치도 필요하다는 걸 나는 일찍이 깨달았다. 그럼에도 불구하고 그러고 싶지 않았다. 내게 정치란 '아부, 아양'과 같았다.

시간이 흘러 고등학교에 입학했다. 야간 자율학습이 끝나고 친구네 집에 들러 라면을 끓여 먹었다. 화임이 끓여준 라면은 꿀맛이었다. 떡과 만두도 푸짐히 넣어준 친구에게 나는 고백했다. "내년에 2학년 올라가는 게 두려워."

짝수 비극을 들려줬다. 그러자 라면을 하나 더 끓이는 화임은 웃으며 말했다. "그런 게 어딨어? 짝수 비극? 학년 말고 나이는 괜찮고?"

이상하게도 짝수 나이는 문제가 아니었고 오직 짝수 학년 때 항상 무슨 일이 생겼다. 그럼 이건 '짝수의 비극'이 아니란 말인가? '짝수 학년의 비극'이라고 정정해야 할까?

"그런 건 없어. 네가 생각한 틀일 뿐이야." 그리고 그녀는 다 끓인 라면을 내게 가져다 주며 나긋이 말했다. "내가 있잖아. 2학년 때도 그리고 앞으로도 계속 우린 친구야."

짝수 학년일 때 친구들에게 받은 상처를 이 친구가 아물게 해줬다. 열일곱, 그 떡만두 라면을 여전히 기억한다. 그리고 화임과 나는 가끔씩 이 기억을 떠올리며 웃는다.

사람에게서 상처받고 사람에게서 위로받는다.

아무리 90년대생이 온다지만

퇴근길
열심히 살 이유
글을 또 쓸 이유

당신의 녹록지 못한 삶을 동경하는 이가 있음에 오늘도 감사히 살아내자.

전국의 모든 88 화이팅!
아무리 90년대생이 온다지만

안녕하세요 작가님ㅎ그래서 네덜란드로 갔어를 보고 눈물 질질짜며 작가님 인스타까지 찾아왔습니다ㅎ180페이지에 있는 여러분의 인생사를 공유해달라는 작가님 마무리에 힘입어서요ㅎ아마 88년생 저와 같은 나이에 같은 세대이실텐데 저는 하지못했고 할수없는 도전과 경험을 생생히 글로 써주셔서 대리만족도 했고 아쉬움에 눈물도 흘렸어요.저는 '어쩌다보니'일찍 결혼했고 이런저런 핑계로 도전을 미뤘고 아이가 생겼고 이젠 정말 어떤 결정을 할때 책임져야할 인생이 많아져있어 점점 몸이 무거워지고있어요.그래서 남들

도전하는 책같은거 안보고산지 오래되었지만 그날 유독 도서관 신착도서 섹션에 있는 작가님책을 못지나치고 대여했습니다. 빌리길 잘했고 읽길 잘했어요. '그래도 넌 네덜란드잖아'라던 친구분의 마음일까요.작가님의 삶이 누군가에겐 매우 동경의 대상이고 꿈꿔본 삶이라는거 알아주시고 동년배의 사람으로써 응

연애 이야기가 제일 재밌을 것 같아서

1. '연애'라는 단어를 떠올리면…

이 세상에서 제일 어려운 건 연애다. 연애 속엔 돈, 인간관계, 사랑이 복잡 미묘하게 얽혀있기 때문이다. 학창 시절, 어른이 되면 돈 걱정은 안 할 줄 알았고, 어른이 되면 순식간에 철이 들어 관계에 대한 걱정도 사라질 줄 알았으며, 어른이 되면 사랑이란 쉽게 시작하고 리드하는 것이라 믿었다.

그래, 오산이었다. 모든 건 현실이었다.

2. '이상형'이란 단어를 떠올리면…

생각할 수 있는 범위 안에서 가장 완전하다고 여겨지는 사람의 유형이라고 쓰고 절대 만날 수 없는 인물이라 인지한다. 고로 이상형 = 이상향.

수염이 있지만 선한 인상을 가졌거나 혹은 무쌍이지만 듬직하고 우직하고 진중한 뭐 그러한. (더 이상 쓰면 뭐 하겠나 싶어 멈췄다.)

3. '결혼'이란 단어를 떠올리면…

언젠가 할 수 있는 것이지만 관혼상제의 책임에 의해 하고 싶지는 않은 것. 생각의 차이가 있어도 서로를 존중하는 공감 능력을 가진 누군가가 있다면 마흔 무렵엔 할 것 같은 것. 위트가 없어도, 진솔하고 진정성 있는 누군가가 있다면 서른아홉 무렵엔 할 것 같은 것. 서로를 믿어주고 꿈꾸게 해주는 원동력을 가진 누군가가 있다면 서른여덟 무렵엔 할 것 같은 것. 나의 단점까지 사랑해준다면 서른일곱 무렵엔 할 것 같은 것.

그래서 이 순간이 가장 아름답고 자연스런, 나는 서른넷.

4. '남자친구'란 단어를 떠올리면…

모르겠다. 연애를 안 한 지 꽤 오래돼서 감정이 메말랐다. 엊그제 만난 친구 M은 말했다. "왜 대체 연애 안 해? 그때 여행 같이 갔던 애는 뭐야? 참, 걔는… 같이 카페 자주 가는 애… 맞다! 너 매년 페스티벌 같이 가는 애도 있지 않니?"

감정을 교류했던(하는) 이들과는 새로운 걸 잘 안 하는 편이다. 낯선 여행지나 혼잡스러운 페스티벌 같은… 새로운 무언가를 하려 들지 않는다. 되레 이미 내가 경험해 본 곳을 같이 가거나 그가 좋아하는 장소를 따라가 본다. 그를 만나기 전, 내가 꿈꾸며 평안했던 장소를 보여주고 싶다. 친한 친구를 소개해주고 싶다. 맛있게 먹었던 음식을 공유하고 싶다. 반대로 그가 좋아하는 카페에 가서 추천하는 책을 읽고 신변잡기의 이야기를 온종일 듣고 싶다.

도전을 즐기고 새로운 걸 좋아하는 나의 성향과는 정반대인 연애 스타일을 듣고 M은 놀랐다. 놀랄 수밖에. 넌 나랑 안 사귀어 봤잖아.

일 년에 딱 한 번

일 년에 딱 한 번 꽃 시장에 갑니다. 2014년부터 벌써 8년째네요. 비단 카네이션만을 사러 가는 건 아니고요. 효도라는 생경한 것을 꽃으로 품어보려는 행동이지요. 엄마는 이야기합니다. "이년아 평소에도 잘해! 꽃은 됐고 엄마는 카라 화분이 좋은데…."

그러게요. 평소에도 엄마 말 잘 듣고 아버지 기분 잘 맞춰드리면 얼마나 좋을까요? 싸워도, 화내도, 무심해도 그래도 가족만큼 끈끈한 건 또 없네요. 부모님 은혜에 감사하며 카네이션과 노란 카라 화분을 구입했습니다. 일 년에 딱 한 번 효녀가 됩니다.

파투

약속이 파투 나고 들른 서점에서 두 가지 일이 있었다. 하나는 '책 읽는 남자가 섹시할 수 있구나'라는 감정을 느꼈는데 아마 금요일이 가져다준 명제가 큰 몫을 한 듯하다. (그럼에도 강남 교보문고 꽃집 섹션 옆에 기대어 열정적 독서를 하던 수염남은 오늘이 월요일이었어도 분명 섹시했을 거다.)

또 다른 하나는 지금 생각해도 매우 재미난 상황인데(!) 이어폰을 양쪽 귀에 구겨 넣고 새로 나온 에세이들을 살펴보고 있었다. 어디선가 한 여자가 나타나 말을 걸어왔다.

"어떤 에세이가 사람들에게 공감을 가져다줄까요?"

순간 많은 생각이 스쳤다. '뭐…지?'

대화를 나눠보니 책을 집필하고자 하는 지망생분이었다. 일말의 도움이라도 되고자 내가 생각하는 공감 포인트를 이야기했고 내 책도 선물해드렸다.

당신에겐 별거 아니겠지만, 오늘 나는 두 가지 일로 행복해요. 파투도 잊었고요. 그냥 그렇다고요.

사랑은 타이밍

잘난 사람이 참 많다.

나도 그런 사람이 되려고 노력했다. '이 정도면 됐을까?' 하고 뒤돌아봤더니 내가 멋진 사람이 되면 나를 더 좋아해 줄 거 같았던 그는 어느새 멀리 떠나가 버렸다. '나'라는 사람 자체를 알아봐 준 이가 있었는데 왜 당시엔 그것이 행복이란 걸 몰랐을까?

요즘도 나는 열심히 살고 있지만
노력을 하든 안 하든 나 자체를 알아봐 주는 사람이 있을지 의문을 품은 채 지낸다.

행복은 사실 별것 아닌데
왜 나는 돌고 돌아왔을까?

사랑하세요.

팔자 좋다

요즘 내가 빠져있는 꼰빠냐, 피니어스Finneas 그리고 영상번역.

주말마다 간간이 뛰고 있는 방탄소년단 인터뷰 번역은 꼰빠냐를 수혈 할 수 있는 귀중한 매개체이며, 피니어스는 지친 귀를 위한 호강의 산물.

무위도식은 내 팔자가 아닌가 봐.

에라이.

일신우일신 日新又日新

하루하루 발전하는 모습을 보여주는 것만큼 확실한 건 없다고 생각한다. 애당초 완벽한 인간은 이 세상에 없다. 고로 사람은 평생을 배우며 살아간다고 하지 않았는가?

어릴 적 비상한 머리를 가지진 못했으나 그에 준하는 잔머리 기술엔 능했다. 똑똑하고 분석적인 능력은 없으나 긍정적인 마인드와 소통 능력은 타고났다.

잠깐 몸담았던 스타트업 대표가 내게 말했다. "당신은 너무 무데뽀야. 당신이 하는 거 죄다 마음에 안 들어. 마케팅? 누가 요즘 오프라인 마케팅해? 효율 안 따져? 마케팅은 무조건 온라인이야. 됐고. 더는 당신이랑 일하고 싶지 않으니까 여기서 나가."

치욕적인가? 뭐 그럴 수 있다.

하지만 정말 안타까웠다. S선자 C랩으로 스핀 오프했던 스타트업이라 나 역시 기대하고 입사했지만 '빛 좋은 개살구'였더랬지. 개발자 출신인 대표는 마케팅과 경영조차 개발적 머리로 다가가려 했다.

뭐 그럴 수 있다.

하지만 10년을 컴퓨터와 일하며 단독 의사소통에 능한 그가 과연 쌍방향 소통을 요구하는 고객을 다루고 경영을 할 수 있을까. 염려는 거기서 그치지 않았다. 독불장군 같았던 그는 누구의 말도 들으려 하지 않았다.

'언제 관둔다고 말하지?'

그 날이었다. 내가 먼저 이야기 꺼내려 했던 "못 해 먹겠다!"를 그에게 빼앗기고 말았다. 30대가 되니 막말에 단련은 되었으나 여전히 상처는 받는다. 하지만 여전히 믿는다. 막말을 한 사람의 최후는 말로라는 것을.

그 회사는 잘 안 굴러가고 있다.

여전히

처음처럼…

한 번도 굴러간 적이 없었던 것 그대로.

싸라기 밥을 먹었나

죽도록 싫었다. 처음 본 사람이 내게 말을 놓는 행위가. 선배란답시고 어른이란답시고 도를 넘는 사람들이 있었다. 그건 무기와도 같았다. 제일 아팠던 문장은 "너, 그딴 걸 왜 하냐?"

너라고 지칭할 수 있다 해도 "그딴 걸"이라는 어감은 내 기준엔 비속어와 동급이었다. '그딴 걸' 보다 '그런 걸'이라고 표현할 수는 없나?

1. 그럼에도 맛깔나게 반말하는 사람이 있다. 마치 욕쟁이 할머니처럼. 우리 동네 카페 사장님은 예순 언저리 되어 보이는 아주머니다. 늘 나에게 "추워? 히터 켜줄게!", "뜨겁다, 손 조심해!", "지금 뭐 하냐? 난 컴퓨터 잘 몰라."

아주머니는 늘 바쁘시다. 카페 1층과 2층을 오가며 대걸레질도 자주 하신다. 행색이 볼품없어 보여 고객들은 그녀가 사장인 줄 모른다. 나 같은 단골만 알아볼 뿐. 아주머니께 느껴지는 따뜻함 때문에 나는 이곳에 종종 방문한다.

커피 맛이 좋은 카페는 테이크아웃하면 그만이다. 인테리어가 예쁜 카페는 사진만 찍고 나오면 그만이다. 오래오래 머물고 싶은 공간은 바로 이런 사장의 인품과 말의 품격이 담긴 곳이다. 어떤 고객에게는 초라한 직원으로 보일 테지만, 내겐 닮고 싶은 따뜻한 (욕쟁이 할머니, 반말러) 사장님이다.

2. 그럼에도 알게 모르게 반말하는 사람이 있다. 마치 미운 4살처럼…. 첫 직장에서 근무하던 때였다. 친한 친구의 후배가 해외여행을 간다며 도와달라고 연락이 왔다. 10월로 기억하는데, 그땐 성수기 시즌이 막 끝난 터라 마무리 작업과 겨울 시즌 상품기획 준비에 온 여행사 직원이 바쁜 달이었다. 몸이 두 개여도 모자랄 판이었지만 친구의 부탁을 거절할 수 없었기에 나는 평소보다 더 상냥히 수화기를 들었다.

두 번 째 통화 때였을까? 후배 녀석은 갑자기 말을 놓기 시작했다. 당황스러웠다. 너무나 갑자기. 그래도 난 끝까지 존댓말로 응했다. 세 번 째 통화 때였나? 녀석은 내게 말했다. "누나도 말 놓아. 희선이 누나 친구잖아."

친구의 후배였지만 어엿한 우리 회사 고객이었다. 그런 고객님께? 난 너를 한 번도 만난 적이 없는데?

그에게 반말은 친근함이었다. (혹은 친해지고 싶은 사람에게 행하는 무언가.) 그리고 우습게도 버릇없다고 느꼈던 그 후배와 여전히 연락하며 지낸다. 마치 미운 4살 아기처럼… 귀엽고, 철없고, 밉지만 챙겨주고 싶은 동생이 되었다. 그가 내게 말을 놓지 않았다면, 한때 여행 상담을 했던 일개 고객으로… 회사 시스템에 등록된 사람으로만… 치부했을 테지.

3. 그럼에도 친한 사이지만 여전히 존댓말을 하는 사람이 있다. 마치 서로를 존경하듯.

그녀는 내게, 그리고 나 역시 그녀에게 존대한다. 버릇이고 습관일 수도 있다. 갑자기 말을 놓기 어색할 수도 있다. 하지만 그녀와 이야기를 나눌 때 어느 때보다 마음이 편하다. 그녀는 내가 가지지 못한 차분함을 가졌는데 그래서 화가 날 때마다 나는 자주 그녀를 찾는다. 대화하다 보면 '그래, 한 번 더 생각해보자.', '그래, 이건 섣부른 행동일 수도 있어.' 스스로 반성하곤 한다.

그녀와 오늘도 대화할 수 있음에 감사하다.

냉수 먹고 속 차려!

한국인에겐 다른 민족이 가지고 있지 않은 것이 하나 있다. 바로 '정 (情)' 이다. '정'은 영어로 번역하기 어려운데 외국인들 사이엔 그런 문화가 딱히 없어서다. 친한 외국인들에게 나는 한국의 '정' 문화를 내심 자랑하듯 자주 설명한다. 우쭐대는 모습은 내가 봐도 가관이다. 그럴 때마다 친구들은 묻는다.

"진짜? 그럼 모든 한국인은 '정'을 가지고 있어?"
"물론이시!"

안타깝게도 나이가 들고 만나는 사람이 다양해질수록 '정'을 가진 사람을 찾기란 무척 힘들어졌다. 회사 일로 만나는 관계자들만 하더라도 그 쉬운 물 한잔 건네지 않는 사람들이 있다. 땀 흘리며 찾아간 신사역 사무실에서, 비를 뚫고 힘들게 방문한 선릉역 사무실에서… 메마른 입술로 미팅에 임했던 그날들. 회의가 끝난 후 나는 말했다. "혹시, 물 한 잔만 마실 수 있을까요?"
이런 일을 많이 겪다 보니 나름대로 룰이 생겼다. '물 한잔 건네지 않는 사람과는 절대 첫 미팅으로 일을 성사시키지 않는다.'

고작 물 한잔으로?

물 한잔에는 많은 의미가 담겨진다. 상대방에 대한 배려, 매너 그리고 정! 최근 스타트업에 뛰어든 나는 VC, 엑셀러레이터, 정부 관계자를 만날 수 있는 기회를 종종 갖는다. 투자를 요청하는 내 입장에선 그들에게 잘 보이고 싶어 안달하고 있는데 그 모습이 퍽 우습고 (밤마다 이불 킥 한다⋯) 안쓰럽기까지 하다. 나는 우리 서비스가 분명 사회에 필요할 것이라 자부하지만, 투자를 결정하는 요소는 회사의 서비스가 다가 아니다. 대표의 경영, 끈기 이런 내적 마인드를 보고 투자를 결정하는 곳이 적잖이 있다.

감사하게도 여러 번 업계관계자들을 만나다보니 이제 나도 나름의 원칙과 소신을 갖게 되었다. 1억, 10억 아무리 많은 돈을 투자해준다 해도 물 한잔 내주지 않는 사람의 돈은 우리도 받지 않겠다는 것! 우리의 열정을 제대로 알아보려고 하지 않는 당신 도움은 필요 없다는 것! 옆에서 가만히 내 이야기를 듣던 엄마가 한마디 했다.

"누가 투자는 해준대? 냉수 먹고 속 차려! 이년아!"
"치."

먹고 속 차릴 냉수 건네줄 분?
'정(情)' 있는 투자자, 당신을 기다린다.

싸구려 코트

친구와 떡볶이를 먹으러 갔다. 시장 안에 위치한 작은 분식집이었다. 노릇노릇한 튀김도 추가하여 양념에 섞어달라고 요청했다. 사장님은 튀김 두어 개를 더 넣어주셨다. 추운 겨울날이었지만 훈훈한 인심에 입고 갔던 목 폴라에 땀이 나기 시작했다. 나는 코트를 벗으려 했다. 얼마나 껴입고 갔는지 혼자 힘으로 도통 진전이 없더라. 옆에 있던 친구의 도움으로 코트에서 탈출한 나는 곧바로 떡볶이에 사력을 다했다. "떡볶이 안 먹어? 식어유."

친구 녀석은 코트를 내 의자 등받이에 걸쳐 놓으며 모가지 쪽에 있던 상표를 유심히 봤다.

… 저런. 거기엔 'Made in Korea'와 함께 구입했던 인터넷 쇼핑몰 브랜드가 적혀있었다. 녀석은 MD 출신이라 유독 물건, 브랜드에 민감했다. 아무렇지 않은 척 다시 말했다. "튀김 다 누저유."

그제야 친구는 젓가락을 들고 떡볶이 흡입에 동참했다. 그리고 나는 게걸스럽게 먹고 있는 그녀를 가만히 바라보았다. 누추한 시장 분식집 안에서… 저리도 맛있게 떡볶이를 먹는, 네 코트는, 얼마나 대단한 걸까?

친구가 밉진 않았다. 그저 세 가지 궁금했을 뿐.

1. 내 싸구려 코트를 본 뒤, 그녀는 무슨 생각에 잠겼을까?

2. 이런 나를 사랑할 사람이 있을까?

3. '사람이 명품이 되어야 한다'며 내 자존감을 치켜세웠던 그 말은, 도대체 누가 했던 것인가?

안읽씹

'읽씹'이란 단어보다 더 처량한 것이 바로 '안읽씹'이다. 읽고 답장하지 않는 행위는 내가 보낸 카카오톡 메시지를 보긴 봤다는 것으로 해석된다. 후자는 내용 조차 확인하지 않고 카카오톡 메시지 창을 그대로 두던가 (그것도 아니면) 메시지 창을 삭제하는 거라고 한다. 바보 같았던 나는 1이 없어지지 않는 창을 보고 그 사람에게 사고가 난 건 아닌지 혹, 휴대폰을 잃어버린 건 아닌지 걱정했었다. 후배는 그런 내게 말했다. "선배, 순진한 거에요? 순수한 거에요?" 내가 알고 지내는 사람 중 제일 어린 93년생 후배는 체크 리스트를 제시했다.

〈체크 리스트〉
- 일부러 카톡 안 읽는 사람 많아요.
- 자기가 좋아하는 사람이 보낸 것만 골라보는 사람도 있어요.
- 힙한 척하려고 인스타그램에 나오는 곳 가서 사진만 찍는 사람도 많고요.
- 괜히 문화인인 척하려고 유명한 작가 이름 외우고 다니는 사람도 있고요.

참, 음악의 음도 모르면서 이루마의 'River Flows In You'를 외워서 피아노 치는 애들도 많아요. 그게 제일 쉽거든요.

그 후로 나는 카카오톡 안읽씹에 상처받는 내 마음을 달래기 위해 카카오톡 메시지보다는 문자를 자주 한다. 그리고 후배가 알려준 체크 항목과 일맥상통한 사람을 만나게 되면 내적으론 이골이 나 있는 상태지만 아닌 척도 한다.

몇 년 전 라디오스타에 출연한 장기하와 넉살 에피소드를 공감하며 시청한 적이 있다. 장기하는 말했다. "제가 넉살을 좋아하는 건 답장이 빨라서예요."

뮤지션 중엔 답장을 하지 않거나 하루 지나 보내는 사람이 많다고 한다. 다시 생각해봤다. 아무리 시간이 없어도 메시지 확인할 시간은 있을 터. 그리고 당신에게 전하고자 한다.

그러지 말아요.

그 작은 메시지에 누군가는 상처받거든요.

그리고 오늘도 상처받지 않은 척 당신에게 연락해요.

카톡은 절대 못 하고요. 문자로요.

뒤늦게 후회하지 마세요.

연락 하나로 사람을 잃는다는 건

당신 인생 몇 페이지가 뜯기는 거나 다름없어요.

1994 오스칼

『베르사유의 장미』라는 만화영화를 즐겨봤다. 유년 시절 기억 일부분은 이 만화를 기준으로 떠올려지곤 하는데 주제곡이 끝날 때쯤 엄마는 압력밥솥에 불을 댕기셨고 1994년 여름 어느 날엔 만화 화면이 갑자기 뉴스 속보로 전환된 적도 있었다. 그건 바로 성수대교 붕괴 현장이었고 일곱 살이었던 어린 내가 여전히 그 사건을 기억할 수 있었던 건, 바로 이런 이유에서였다.

『베르사유의 장미』의 주인공은 비운의 왕녀 마리 앙투아네트, 스웨덴 가문의 맏아들 페르젠 그리고 여자이지만 남자로서 살아가는 오스칼이다. 친구들은 예쁜 드레스를 입고 나오는 앙투아네트를 좋아했는데 나는 오스칼이 멋져 보였다. 그녀는 왕가의 군대를 지휘하는 유서 깊은 집안의 막내딸로 태어나 남자로서 살아가야만 했다. 치마가 아닌 바지를 입고 백마를 타고 칼을 휘두르는 그 모습에 나는 태어나 처음 '동경'이란 마음을 품었다. 이후로 나는 예쁜 여자보다는 멋진 여자들에게 닮고 싶다는 묘한 감정을 가지게 되었다.

초등학교 땐, 파격적인 숏컷 후 드라마 『학교』에 출연한 최강희에게 꽂혔는데 이후 나 역시 그녀를 따라 머리를 자르고 6학년이 되었다. 친구들은 내게 북한 인민군 남성 '리동무'라고 놀려댔지만 나는 알고 있었다. 어린 남자애들 머릿속에도 이미 '성(性)'이란 고정관념이 생겼다

는 걸. '여자는 무조건 머리가 길어야 할까?'

중1 땐 어떤 여자 연예인이 신은 퓨마 운동화를 신고 등교했는데 남자애들은 말했다. "야, 너 축구화 샀나 보다? 남자냐?"

웃겼다. 나보다 100m도 느린 녀석이 저런 말을 한다는 게. 그리고 녀석은 정확히 3개월 후 퓨마 운동화를 신고 있었다.

9시 뉴스를 진행하는 황현정 아나운서의 지적이고 멋진 발음, 강하고 개성 있게 노래하는 자우림 김윤아, 최초의 여자 연예인 대상 이효리와 박경림, 소년 같지만 자유로운 연기를 펼치는 최강희.

모두 나의 현실 속 오스칼 이었다.

영어 선생님

재밌는 사실이 하나 있다. 나는 영어를 지지리도 못하는 사람이었다. (과거형! 지금은 하고 싶은 말 정도는 가능하다!) 그런데 이제 와 생각해보면 지금까지 찾아뵙는 선생님은 대진고 영어 선생님 JJ이며 삶의 이치를 깨닫게 해준 이들은 대부분 영어 과목 선생님들이었다. 지금은 연락이 끊겼지만 스물네 살까지 알고 지낸 영어 선생님이 계신다. 주몽은 내가 다녔던 영어학원 강사이자 인디 밴드의 보컬이었다. 어느 날 주몽은 말했다. "정말 이루고 싶었던 게 이뤄지지 않았다는 건, 진심을 다하지 않아서… 아닐까?"

영어보다 선생님이 해주시는 이야기와 의미 있는 말을 듣기 위해 나는 학원엘 갔다. 고2 여름방학엔 선생님의 공연을 보기 위해 홍대에 처음 가보기도 했다. 공부하라고 닦달 하지 않았고 출석만 잘하라는 게 주몽 학원의 룰이었다.

이제 와 돌이켜보면 얼마나 잘 가르치냐가 내게 중요했던 게 아니었다. 사춘기를 겪는 학생들에게, 고민이 많은 우리에게 의미 있는 말을 건네주는 선생님이 결국 기억 속에 오래 남는다.

성인이 되어 영어학원 강사 아르바이트를 할 때 나는 주몽처럼 아이들에게 공부하라고 닦달하지 않았다. (원장이 지나갈 때만 몇 번 했다.) 대신 몇 년 더 살아본 내가 아이들에게 해줄 수 있는 이야기를 건네기 위해 영감 받았던 영화를 틀어주고 팝송을 들려주곤 했다.

"얘들아, 선생님도 영어 정말 못했어!"
"에이 거짓말! 그런데 어떻게 영어 선생님을 해요?"

선생님이 보여주고 싶었거든.
영어 못해서 당한 무시, 모멸감… 그 취약점으로 성장했다는 걸.
못하는 게 죄는 아니야. 깨닫고도 열심히 하지 않는 게 죄지.

부족해서 담을 공간이 많다는 건, 행운일지도 몰라.
앞으로 우린 다양한 지식과 언어를 채워 넣을 수 있어.
그러니까 상처 받지 마, 얘들아.
너흰 성장하는 중이니까.

서현중학교 시절이었다. 성진아 선생님은 나와 다른 세계에 사는 사람처럼 보였다. (오래된 이야기라 성함이 정확히 기억나진 않지만, 진아 또는 지나!) 하이텐션, 서클렌즈, 수업 시간에 간혹 튀어나오는 비속어. 선생님이 아니라 친한 언니에게 수업을 듣는 것 같았다. 신기하고 재미있었다.

영어는 못했지만 항상 선생님의 수업이 기다려지곤 했다. 어느 날 진아쌤은 학창 시절 이야기를 꺼내셨는데 몇 년 동안 왕따를 경험했다고. "우리 땐 '왕따'라는 단어조차 없었는데 지금 생각해보면 나는 왕따였던 거 같아."

신기하고 재미있었다. 적어도 다른 선생님들의 수업과 비교하면 뭔가가 다르긴 달랐다. 진아쌤은 자신의 경험을 빌어 우리에게 강한 메시지를 전달했다. 친구하고 사이좋게 지내라고. 공부도 좋고 1등 하는 것도 좋은데 친구하고 사이좋게 지내는 게 나중에 커서 제일 좋은 거라고.

나중에 커서. 그래, 이제야 쌤의 말을 이해한다. 공부 잘하는 서울대생이 잘난 것도 아니요, 대기업에 다니는 옆집 여자가 잘난 것도 아니요, 내 옆에 좋은 친구 한 명이라도 있는 게 인생 잘 살아왔다는 증거 중 하나라고.

나중에 커서. 알게 될 거라고 말씀하신 것 중에 아직 실천하지 못한 것이 있다. 그건 바로 '웃으면서 욕하기.'

쌤은 말했다. "얘들아, 가장 멋진 게 뭔 줄 알아? 웃는 거야! 슬플 때, 화날 때, 힘들 때 우는 건 삼류, 참는 건 이류, 웃는 건 일류야. 이게 제일 멋진 거야!!" 그러자 4분단 제일 끝자리에 앉은 친구가 퉁명스레 답했다. "어떻게 웃을 수 있어요? 그 상황에서?"

여기 한 가지 예가 있다. 실제로 진아쌤이 겪은 일화.

고등학교 시절 왕따였던 진아를 유독 괴롭히던 A가 있었다. 원수는 외나무다리에서 만난다고 했던가? 성인이 된 진아는 강남 한복판에서 차 사고가 났는데 차 주인은 다름 아닌 A였다. 사고의 책임은 둘 모두에게 있었다. A는 미친년처럼 화를 내며 고래고래 소리를 질러댔다. 보험사가 도착했지만 그녀의 모독은 끝나지 않았다. 진아는 A에게 다가가 나긋한 목소리로 속삭였다. 미소와 함께. "미친년."

진아는 보험사와 일을 처리했고 수리비의 두 배를 건넸다. 차에 올라탄 진아는 창문을 열어 A를 응시하며 말했다. "왜 그렇게 화가 나 있어? 좋은 하루 보내!"

그리고 유유히 올림픽대로를 탔다. 진아는 고등학교 시절 일류와 이류를 오갔다. 울며 때론 참으며. 그렇게 성인이 된 그녀는 이제야 깨달았다. 이유 없이 괴롭힘을 당했다는 것을. 사고가 났을 때도, A의 얼굴을 발견했을 때도 진아는 당황했다. 그 시절 그 기억이 또렷했기에. 하지만 진아는 용기를 냈다. 화나기도 했고 무섭기도 했지만⋯ A 앞에서 웃었다.

진아쌤이 건네준 이 삶의 이치를 아직까지 지키지 못하고 있다. 여전히 불합리한 것에 화를 내고 별거 아닌 것에 성질이 난다. 그래도⋯ 십 년 정도 지나면, 나도 일류가 될 수 있을까?

한국에서 떠올려보는 그곳

〈울란바타르, 몽골〉

스물두 살이 되던 해, 나는 태어나서 처음으로 한국을 떠나봤다. 첫 해외여행이자 다른 나라에 살아보는 첫 경험이었다. 그곳은 바로 몽골 울란바타르Улаанбаатар였다. 대학에서 역사와 몽골학 두 가지 전공을 하던 인문학도였던 나는, 교환학생이란 신분으로 몽골국립대에서 수업을 듣게 되었다. 어학당 건물에서 몽골어, 몽골문화, 몽골 역사에 대해 배웠는데 첫 해외라는 경험 때문에 양고기의 향도, 발전되지 않은 인프라도 그 모든 게 내겐 특별했다.

한국에서 나는 카페를 전전하며 과제를 하거나 책을 읽던 아이였는데 그 버릇은 몽골에서도 이어졌다. 눈에 보이는 카페는 죄다 들어가 봤다. 그런 어느 날 친한 외국인 친구가 내게 이곳저곳 숨겨진 카페를 알려주었는데 바로 프렌치 베이커리 (French Bakery), 나야라 카페 (Nayra Shoppe), 헬무트 자허스 카페 (Helmut Sachers Kaffee)였 다. 프렌치 베이커리는 프랑스인이 크로와상을 굽고 에스프레소를 내려 초콜릿을 녹인 후 모카커피를 만드는 곳이었다. 그래서인지 프렌치 카페엔 유럽인들이 넘쳐났다. 훗날 프랑스 여행을 하며 먹었던 음식들보다 더 기억에 남는 건 이 카페의 빵과 커피였더랬지. 나야라 카페는 몽골인이 주인이었는데 피자와 커피는 맛도 맛이지만 가격이 일품이었다. 또한 벽면을 둘러싼 그림들로 인해 갤러리에 온 듯한 착각을 불러일으켰다. 헬무트 자허스 카페는 오스트리아 브랜드 카페인데 몽골에 분점을 낸 듯했다. 아직도 나는 이 집의 치즈케이크를 인생 케이크라고 믿고 있다.

학생 신분을 벗어던지고 출장으로 몽골에 두 번 더 갈 기회가 있었다. 그때도 난 내 추억이 담긴 이 카페들을 들려 아직 있어 줘서 고맙다는 인사를 전하곤 했다. (안타깝게도 2020년 기준, French Bakery 와 Helmut Sachers Kaffee가 폐업했다고 한다…)

장소는 힘이 세다. 추억을 떠올릴 수 있는 요술 램프와도 같다.

〈뉴욕, 미국〉

뉴욕에서 어학원 인턴과 IEP 영어 연수를 하던 때였다. 내 나이 스물넷. 어린 나이였지만 세상에서 제일 지독하고 악랄한 인간들은 다만나 봤던 해 였다. 한인한테 사기를 수도 없이 당했는데 가장 슬펐던 건 그럼에도 불구하고 한인을 만나면 여전히 반갑고 믿고 의지했다는 거다. 하루빨리 이곳에서 벗어나고 싶은 마음이었다. 그럴 때 마다 가던 곳이 있다. 바로 루즈벨트 아일랜드Roosevelt Island다. 소호에서 지하철을 타거나 맨해튼 이스트 사이드에서 케이블카를 타야지만 올 수 있는 섬마을. 조금 떨어져 바라본 맨해튼은 항상 불빛들로 가득 차 있었다. '나처럼 아등바등 사는 사람은 얼마나 많을까? 반대로 섹스 앤더 시티의 캐리처럼 호화롭고 자유로운 생활을 하는 사람은 얼마나 될까?' 생각에 자주 휩싸이곤 했다.

〈암스테르담, 네덜란드〉

가장 최근에 다녀온 나라이자 살다 온 나라가 바로 네덜란드이다. 네덜란드 하면 친구이자 아버지인 여스Jos가 가장 먼저 떠오른다. 두 번 짼 바우터 하멜Wouter Hamel. 여스는 Hospitality Club (카우치 서핑의 일종)을 통해 만난 회원이었다. 그는 나보다 삶의 지혜를 더 많이 가지고 있는 어른이었고 여행업에 종사하며 가난하고 꿈 많은 아이들을 후원하는 사람이었다. 여스에게 많은 걸 배웠다. 모르는 사람을 대하는 태도, 얻은 만큼 사회에 환원하는 기업가 정신까지. 친구가 된 지 어느덧 10년이 흘렀다. 네덜란드를 여행할 때도, 그곳의 일원이 되어 살아갈 때도 많은 도움을 받았다. 그래서 나는 '네덜란드?' 하면, 여스의 집이 가장 먼저 떠오른다. 내일이라도 당장 스히폴 공항에 내려 버스를 타고 그의 집을 찾아가 초인종을 누를 수 있다. 한국 우리 집 주소만큼 쉽게 외워지는 건 바로 여스, 우리 네덜란드 아버지 집이다.

장소와 함께 추억을 되새길 때 가장 좋은 것은 바로 음악이다. 그때 들은 노래를 생각하면 그 시절 나의 추억과 했던 말들이 자주 떠오른다.

암스테르담 운하를 걸으면서 나는 항상 바우터 하멜의 Breezy를 들었다. 네덜란드로 나를 불러들인 건 8할이 바로 이 노래였다. 일전에 나는 바우터 하멜이 암스테르담 운하에서 보트를 타고 Breezy를 열창하는 영상을 본 적이 있다. 그건 마치 아메리칸 드림처럼 나에게 '더치 드림'을 불러일으켰다. '세상에 저렇게 평화로운 곳이 존재한다고? 저런 곳에서 노래를 부른다고?'

장소와 음악.

별거 아닌 것처럼 보이는 이 매개체들이 우리도 모르는 사이 뇌파 속 어딘가, 기억 속 어딘가 저장고를 만든 것이 틀림없다.

그 시절, 그곳을 떠올릴 장소와 음악은 당신에게도 있을 거다. 잠깐 이 책의 페이지를 접고 그 음악을 찾아 들어보길. 그리고 지금, 이 순간만이라도 그때의 추억을 다시 한번 기억하면 좋겠다.

부모님

어느 날 갑자기 뜻하지 않게 찾아올 수도 있는 이별
하지만, 왜, 항상
엄마에게만, 아버지에게만
의도하지 않은 퉁명스러움과 짜증을 내는지.

나를 탓한 과장에게
나를 시기한 친구에게
말 한마디 못하고
엄한 데서 화풀이

시간 날 때마다 자주 연락해야지…
그게 효도겠지….

2020 목표 그리고 2021 소원

다음 책은 꼭 이미지를 삽입하여 시각적 측면을 강화해야겠다. 덧붙여 글을 통한 경험 제공의 아카이빙을 넘어 공감과 소통의 저력을 가진 아카이빙을 이뤄내고 싶다. #죠디2020목표

라이브 콘서트… 여행…… 마스크 벗기!!!!!!
#죠디2021소원

실수와 실패라는 녀석들

하루에도 몇 번씩 우리는 실수를 한다. 엄마한테 조금 더 상냥할걸! 말실수부터 출근길 지옥철 누군가의 발을 밟는 미안한 실수까지. 살면서 실패도 많이 한다. '실'로 시작하는 이 두 녀석에게 당신은 과연 너그러운가? 혹, 실수에겐 관대하며 실패에겐 채찍질하며 옥죄이진 않는가?

실수를 하면서 우리는 깨닫는다. 앞으론 과장님한테 이런 실수 안해야지. 앞으론 슬기한테 이런 말은 하지 말아야지.

실패도 그러하다. 실패하면서 우리는 배우고 성장한다. 그래서 실패가 성공으로 가는 지름길이라고도 하지 않는가?

사람도 많이 겪어봐야 뼛속 깊이 알 수 있듯이 실패도 해본 사람만이 진국일 가능성이 크다. 그러므로 나의 실패에 대해 관대히, 친구의 실패에 대해 기꺼이 칭찬하자. 성공의 길목에서 결국 우린 만날 테니까.

고민 그리고 결론

고민 :

여전히 잘하는 걸 해야 하는지 좋아하는 걸 해야 하는지 어렵다. 고민에 휩싸이니 내가 잘한다고 생각한 것이 정말 잘하는 건지 의문이 생긴다. 혹자는 좋아하는 일을 업으로 삼지 말라 했다. 좋아하는 일이 생계로 이어지는 순간, 결국 도피하게 된다고.

동의한다. 그래서 여전히 어렵다.

결론 :

하고 싶은 걸 할 수 있는 거

하고 싶은 걸 해내는 거

그래서

하고 싶은 걸 하고있는 거

....

하고 싶은 걸 해!!

업씨. 잘난 것 업씨

어렸을 때부터 항상 업씨 살았다. 돈 업씨, 학벌 업씨, 영어점수 업씨… 없어도 너무 없었다. 비빌 언덕 하나 없는 집안에서 태어난 것을 원망한 적은 없다. 윤택한 가정에서 자란 이들을 부러워 한 적도 없다. 그냥… 없다 보니 오기가 생겼다. 업씨 해낼 수 있다고 증명해 보이고 싶었다. 그래, Show and Prove! 그래서 뭐든지 열심히 해냈다.

한국 사회, 여전하다. 학벌… 지나치게 본다. 이런 극단적 상대주의 사회에서 발생할 수밖에 없는 문제점이 하나 존재한다. '내가 얼마나 잘났냐, 내가 얼마 버느냐' 의 절댓값보다 '남보다 더 잘났냐, 더 많이 받나 아니냐'가 행복에 영향을 미치는 사회. 그 속에서 자존감을 지켜 내느라 많이 힘들었다.

솔직해지자.

소위 말하는 SKY에 입학하는 학생은 '소수'. 그 소수 중에 대기업에 입사하는 사람은 더 '소수'. 소수에 들지 못하는 다수 중, 꿈을 이루기 위해 노력하는 사람들이 존재한다. 그들은 자신의 현 위치에 만족하지 않는다. 그들은 중간에 포기해버리지도 않으며, 자신의 목표를 스스로 이루기 위해 노력한다. 이 부류였던 내가… 이제는 당신을 돕고자 한다.

나도 당신 같았다.

하지만 상처와 실패를 통해 지금은 성장했고 단단해졌다. 아직도 많이 부족하지만, 나와 비슷한 당신을 위해 경험을 나누고 싶다.

잘난 것 업씨, 너답게! 없으면 업씨, 너답게!
잘난 것 업씨 성공한 코치와 1:1 심리 취업 코칭 플랫폼

상처, 실패를 이겨내고 취업에 성공한 코치는 당신에게 현실적인 솔루션을 제공한다. (전)국가대표 컬링팀 멘탈코치는 당신의 취업 스트레스와 바닥까지 떨어진 자존감을 회복시켜준다.

안타깝게도 스타트업의 90%는 3년 내로 망한다. 나 역시 그럴 수 있다. 하지만 살면서 수십번 실패하고 상처받다 보니 면역력이 생겨버렸다. 실패의 두려움보단 이제부터 내가 당신을 어떻게 도울 수 있고, 이 극단적 사회를 왜 바꾸려고 하는지 책임감을 느끼고 열심히 해보려 한다. 전국의 '다수'를 위해 성공할 것이다.

아무것도 '업씨' 목표를 이뤄낸 모습을 당신에게 보여줄게.
그러니까, 응원해줘.

번외
- 인터뷰

(소중한 네덜란드 사람들과의 담소)

로드리고 & 안케

Rodrigo Ottesen

&

Anke Inostroza

Be happy and enjoy life with family!

"남편의 다리가 불편하지만, 우린 행복해요."

아인트호벤Eindhoven에 사는 로드리고와 안케. 로드리고는 칠레Chile 출신의 건축가이며 안케는 두 아이의 엄마, 로드리고의 아내, 외국계 기업의 세일즈 매니저 등 다양한 수식어를 가진 여성이다.

내가 생각하는 가장 강인한 여성은 우리 엄마다. 옥이야 금이야 자식 셋을 키워냈고 바득바득 긁어모은 돈으로 어려운 집을 이끌어가는 주춧대 역할까지 했다. 세상의 모든 어머니는 위대하다는 말이 괜히 생긴 게 아니다.

안케는 그런 우리 엄마를 닮았다. 네덜란드에서 만났던 대다수의 사람들은 깊은 고민 없이 삶을 영위하고 있었다. 한국에서 온 나에겐 새롭고 신기한 모습이었다. 돈, 직업, 인간관계, 가족, 회사… 모든 것으로부터 자유롭다는 것은 어떤 사회가 구축되었기에 가능한걸까?

나의 물음에 제동을 건 사람은 바로 안케였다. 그녀는 30대 후반으로 아이 둘을 가진 엄마이자 물류회사에서 근무하는 커리어우먼이다.

안케는 대단한 여자다.

그녀는 대학 시절 칠레Chile로 유학을 떠났고, 그곳에서 현재의 남편 로드리고를 만났다. 칠레를 선택한 그녀는 마치 선조의 진취적인 면을 본받은 것처럼 보인다. 과거 네덜란드인들은 해상무역의 발전을 위해 모험을 즐겼고, 외국어를 빠르게 익혀 외국과 쉽게 사업의 물꼬를 텄다. 그녀는 공부를 위해 떠난 칠레에서 사랑의 물꼬까지 튼 셈이다. 어디서나 쉽게 볼 수 있는 국제 부부들과 다르게 이 커플은 매우 특별한데, 바로 로드리고가 장애를 가지고 있다는 거다. 다리가 불편한 그는 어렸을 때부터 휠체어 생활을 했다.

맞다! 안케가 로드리고를 처음 만났었을 때부터 그는 휠체어를 타고 있었다. 상상해보자. 당신은 그런 그와 첫눈에 반해 사랑에 빠질 수 있을까? 그런 담대한 여자가 몇이나 될까?

안케는 그런 여자였다.

남편의 장애를 대수롭지 않게 여겼다. 스페인어를 구사하는 그가 멋져 보였고, 그의 웃음이 좋아 사랑에 빠졌다. 그녀는 호기롭게 로드리고에게 네덜란드 이주를 권했다. 현재 그들은 아들 한 명, 딸 한 명을 둔 평범한 부부로 네덜란드 아인트호벤Eindhoven에 살고 있다. 어찌나 화목해 보이고 아름다워 보이던지. 그건 안케의 희생에서 비롯되었을 거다.

로드리고의 불편한 다리로 인해 안케는 아이들 육아와 가사에 많은 책임을 지게 되었다. 로드리고를 돌보는 것까지 안케의 몫이었다. 그녀는 집안의 선장 같은 존재였다. 하지만 왜 그들은 행복한 삶을 사는 데 전혀 문제가 없어 보이는 걸까?

우리나라였다면, 결혼이란 단계부터 막히지 않았을까? 보통의 부모들은 자식을 끔찍이 생각한다. 그중 몇몇은 자식이 자신의 분신인 마냥 여긴다. 눈에 넣어도 아프지 않을 그런 내 자식을 과연 장애가 있는 사람에게 결혼시킬 부모가 몇이나 될까? 만약 결혼에 성공했다 하여도 육아와 일을 쉽게 병행할 수 있을까? 언어에 서툴고 몸이 불편한 외국인 남편은 부인이 없다면 금세 타지 생활에 지치지 않을까? 결국 그 가정은 시련과 고난의 연속 선상에 놓이게 될 것이다. 상상이 쉽게 되어 암담한 현실이다.

네덜란드 정부는 몸이 불편한 사람을 위해 다양한 것을 지원하고 있다. 생활비 일부부터 자동차 개조 등, 실생활에 필요한 부분까지 도움과 보조금을 지급하고 있다. 안케네 자동차도 안케가 운전할 때를 제외하면 '운전 로봇'이라는 장비를 끼워 다리가 불편한 로드리고가 운전 할 수 있도록 정비하여 사용할 수 있다. 사회적 뒷받침 덕분에 행복한 삶을 쉽게 영위할 수 있는 명백한 답이 존재하고 있었다. 이처럼 정부의 도움과 태어났을 때부터 교육된 복지국가의 인식은 모든 부분에서 '차이'를 만들어냈다. 결국 이 모든 것은 정책과 사회구조의 '다름'에서 시작된 것이었다.

안케는 대단한 여자다.

그녀가 한국에 와서 살아간다 해도 그녀는 대단할 것이다. 어쩌면 더 대단해질지도 모르겠다. 그녀가 맞서 싸워야 할 사회구조, 복지, 인식 그러한 시선 속에서.

하니

Hanny
Yeh

Enjoy life and love your work!

"네덜란드 소상공인들, 한국인만큼 열심히 일합니다."

이제 막 본인의 이름을 내건 헤어숍을 차린 하니. 그녀는 이란Iran 출신으로 가족들과 함께 네덜란드로 이민 왔다. 아직도 이방인이란 생각을 한다는 그녀. 그래서 오늘도 열심히 일한다. 네덜란드 사회에서 인정받기 위해.

강남구 역삼동에는 '테헤란로'라는 길이 있는데 이란의 수도 '테헤란'을 본떠 만들어졌다. 1977년은 한국의 중동 진출 붐이 일어났던 시기다. 우리 아버지도 이 시절 사우디아라비아에서 건축을 시작하셨다. 얼마나 많은 젊은이와 기업이 땀 흘려 일했을까 당시를 상상해본다. 마치 고귀한 젊은 날의 노고였겠지. 서울시와 이란의 수도 테헤란시는 당시 이러한 사회 분위기 속에서 자매결연을 하게 되었고 '테헤란로'라는 도로명을 붙여 기념하게 되었다. 내가 이란에 대해 알고 있는 것은 이 정도다.

〈두 팔 벌려 이주자를 환대하다〉

이란 출신인 하니는 이란을 북한과 비교했다. 자유가 없는 곳, 부패한 곳. 하니의 부모님은 삼촌이 먼저 자리 잡은 네덜란드로 자연스럽게 이주했다. 하니의 나이 7살, 처음 자리 잡은 곳은 마스트리흐트Maastricht가 위치한 네덜란드 남부 림부르흐주Limburg였다. 현재는 북쪽으로 이동해 주텐메이르Zoetermeer에 거주한다.

1970년대, 네덜란드 정부는 대대적으로 이민과 이주를 허용하고 지지했다. 바로 노동력 수요를 충당하기 위해서였다. 저소득 국가의 노동자 고용을 장려했고 모로코와 터키 등지에서 많은 사람들이(현재 네덜란드 내 거주하는 터키인, 모로코인은 20만 명 이상이다) 몰려왔다. 이후 다양한 국가에서 네덜란드로의 이민이 시작되었다.

하니는 헤어 디자이너가 되기 위해 미용학을 전공했다. 첫 번째 미용실은 대학 도시 라이덴Leiden에 위치한 어느 살롱이었다. 그곳에서 하니는 경력을 쌓았다. 약 10년의 경력을 만들고 그녀는 드디어 본인의 이름을 내건 헤어숍을 헤이그The Hague에 오픈했다. 나는 이곳의 단골 고객 중 한 명이었다.

〈하니가 생각하는 네덜란드〉

네덜란드는 이주 외국인 대상으로 네덜란드에 뿌리를 내릴 수 있는 기초 도움 (거주지 제공, 의료보험 혜택, 무상 교육)을 제공한다.

반면 이곳에서 태어난 네덜란드 현지인이 아니라면, 더 열심히 꿈꾸고 더 열심히 일하며 살아가야 한다. 하니는 7살의 나이로 네덜란드에 이주한 사람이다. 그녀의 일생 대부분이 네덜란드에서 이뤄졌다. 첫 유치원도, 첫사랑도, 첫 사회생활도 모두 네덜란드에서였다. 심지어 그녀는 네덜란드어 (더치어)를 모국어처럼 구사한다.

그럼에도 불구, 네덜란드인들은 현지인이 운영하는 미용실을 찾는다. 보이지 않는 거부감, 불안감, 색안경을 낀 고객들이 많다. 따라서 이민자들은 증명해야만 한다. 실력으로. 노력으로.

하니의 미용실 개업일은 2016년 12월이다. 오픈 후 몇 달 동안 현지인 고객을 만난 건 손에 꼽혔다. 시간이 지나고 하니의 미용 기술, 네일 서비스가 커뮤니티에 입소문 나기 시작했다. 이제는 현지인들이 먼저 찾는 헤어숍이 되었다. 두 배의 노력으로 하니의 실력을 네덜란드 사회에 증명했다.

끝으로 하니는 말했다. "지금 삶이 행복하지만 조금 쉬고 싶어. 여행도 가고 싶고⋯." 한국이든 네덜란드든 소상공인, 사업가들은 어쩔 수 없나 보다. 바쁘게 일하고 열심히 고객을 만나 사업을 영위하고 발전시켜야 하니까.

마돈나

Madonna

Hamidy

Stop acting so small. You are the universe in ecstatic motion!

"치열하게 경쟁하며 살고 싶다면, 다른 나라로 가세요."

1988년, 아프가니스탄Afghanistan에서 태어나 본국의 내전을 피해 1993년 네덜란드로 이주했다. 라이덴 대학원Leiden University 졸업 후 현재 헤이그 대학교The Hague University of Applied Sciences에서 국제법을 가르치는 주니어 강사로 일한다. 네덜란드인으로서 본인의 뿌리인 아프가니스탄의 문화를 하나하나 배워가는 중이다. 자, 마돈나를 만나보자.

석사 졸업을 앞둔 어느 날이었다. 모질게 다투던 논문이란 녀석에게 드디어 안녕을 고했고 나는 졸업자 리스트에 당당히 이름을 올릴 수 있었다. 하지만 그 기쁨도 잠시, 졸업과 동시에 달라질 비자 상황이 걱정되었다.

혼자 끙끙 앓으며 인터넷으로 비자 신청을 알아보다가 문득 국제 학생들을 돕고 있는 학교 국제처가 떠올랐다. 졸업생 신분이지만 나 역시 계속 도움 받을 수 있지 않을까? 그리고 마돈나Madonna를 찾아가기 위해 나는 서둘러 나갈 채비를 했다.

2016년 8월, 헤이그 대학원에 갓 입학한 나를 열심히 도와주던 마돈나. 그녀는 국제처의 주니어 코디네이터로 국제 학생들을 인솔하고 정리하는 임무를 맡았었다. 시간의 여유가 생기면 직접 상담도 하며 바쁘게 움직이는 젊은 코디네이터. 헤이그 대학원의 국제처 사무실에 도착했다. 한눈에 그녀를 알아봤다.

"헤이 마돈나!"
"오! 죠디!"

오랜만에 만난 그녀에게 나는 비자 신청부터 개인적인 질문에 이르기까지 질문을 쏟아냈다. 질문의 숫자 때문이었을까? 호기심에 꽉 찬 모습 때문이었을까? 우리는 꽤 깊은 사이가 되었고 한국으로 돌아온 내가 출장 차 네덜란드를 다시 방문했을 때, 민트티 한 잔에 서로의 이야기보따리를 풀 수 있었다.

〈네덜란드 이주자〉

마돈나는 1988년 아프가니스탄Afghanistan의 한 부유한 가정에서 태어났다.

하지만 그녀가 태어나고 얼마 후 국가는 내전과 각종 테러의 위험에 처하게 되었다. 마돈나의 아버지 역시 내전 중 사망하는 불운을 겪었다. 가족들은 정신적으로 피폐해지기 시작했다. 이를 목격한 그녀의 이모 (UN 국제기구 아프가니스탄 행정관)는 마돈나의 가족을 이주시키기 위한 준비를 시작했다.

이모의 도움을 받아서 가장 빠르게 이주할 수 있었던 사람은 마돈나였다. 이모와 함께 오직 한 명의 가족만이 먼저 나라를 벗어날 수 있었다. 이모는 한 명의 조카를 선택해야만 했다. 당시 마돈나의 여동생은 태어난 지 얼마 되지 않아 엄마의 손길이 필요했다. 마돈나의 오빠는 장남으로서 어머니를 지켜드리고 싶어 했다. 그렇게 이모는 마돈나와 함께 아프가니스탄을 떠나 네덜란드에 정착했다. 마돈나가 대학교 때 전공한 과목은 국제법과 평화정책인데 위험하고 불운했던 과거가 그녀를 이 길로 이끌었던 거 같다고 말했다.

"참, 죠디! 나는 엄마가 두 분이야."
이주를 위해 서류상 마돈나는 이모의 가족 구성원이 되어야만 했다. 당시 이모는 미혼이었지만 마돈나를 그녀의 딸로 등록했고 두 사람은 안전하게 유럽으로 향할 수 있었다. 그들이 가장 먼저 도착한 곳은 독일이었다. 그리고 2년 후 네덜란드로 완전히 이주할 수 있었다.

〈네덜란드 복지〉

마돈나와 이모는 아프가니스탄을 떠나기 전 고민에 빠졌다. 과연 어떤 국가가 아이들과 미래의 가족 구성원들에게 가장 좋은 환경을 제공할 것인가?
이모의 남자친구가 영국인이었음에도 불구하고 교육과 사회시스템, 안정성을 고려한다면 영국보다는 네덜란드가 나을 것이라고 조언했다. 당시 네덜란드는 수많은 터키, 모로코 이민자들을 유치하고 있었고 외국인에 대해 관대한 분위기였다.

네덜란드는 주거 보조금, 보험 보조금 등 정부 차원에서 국민을 케어하는 시스템이 발달하였다. 수입이 없거나, 기준 소득 이하의 사람들에게 주거 보조금을 지급하고 있으며(거주지 크기와 월세 금액을 체크하여 최종 보조금 지급자를 선택한다) 매달 지불하고 있는 보험금에 대해서도 국민들의 부담을 덜어주기 위해 보조하고 있다. 의료시스템이 무료라는 말은 바로 여기서 나왔다. 1년에 한 번씩 네덜란드인들은 본인에게 적합한 건강보험을 선택하고 매달 보험료를 지불한다. 건강에 적신호가 왔다면 금액이 높고 커버가 좋은 보험을 선택하고, 보통의 경우는 일반 보험을 선택하여 납부한다. 매달 90-150유로 사이의 보험금을 납부하고 있으며 병원이나 약국에서 처방을 받게 되면 모두 이 보험금으로 커버가 되는 형식이다. 따라서 외국인인 우리에게 '의료시스템 무료 국가'라는 이미지가 생기게 된 것이다. 또한 정부는 소득이 없는 실업자들에게 매달 600-800유로에 달하는 돈을 지급하고 있다. 유럽여행을 하다 보면, 프랑스 또는 이탈리아 등지에서 구걸하는 사람을 본 적이 있을 거다. 하지만 네덜란드에는 이런 부류의 사람이 존재하지 않는다. 정부가 직접 그들을 관리하기 때문이다. 하지만 이 복지는 네덜란드 내에서도 우파와 좌파 간의 싸움을 일으켰다. 네덜란드인들이 납부한 세금이 놀고 있는 한량 한 사람들 (주로 모로코 이민자들이 이에 해당하여 네덜란드 자국 내에서 모로코인을 혐오하는 분위기가 존재)에게 쓰인다는 게 불만인 사람들과 도움은 좋지만, 그 액수가 과하다는 사람들 그리고 그들을 절대 도울 수 없다는 견해를 가진 사람들까지.

〈마돈나가 생각하는 네덜란드〉

"네덜란드 교육 덕분에 나는 공부할 수 있었고 그 지식은 내게 자유를 줬어. 내가 만약 아프가니스탄에 있었다면 현재를 꿈꾸지 못했을 거야. 상상해봐. 그곳은 여자에게 교육을 시키지 않거든. 그런 의미에서 네덜란드의 가장 큰 장점은 안전함과 교육시스템 같아."

"네덜란드에 살면서 불편한 점은 없어?" 어떻게 해서라도 단점을 듣고 싶은 나는 그녀를 재촉했다. "음… 알잖아. 날씨…. 하지만 날씨가 단점이라고 말하기엔 과한 거 같아." 그리고 그녀는 잠시 고뇌에 빠졌다. 몇 분 후 그녀는 입을 열었다.

"만약 어떤 외국인이 네덜란드로 이주한다면, 이 점을 꼭 알려주고 싶어. 부자가 되고 싶거나 명예를 얻고, 유명해지기 위해서 오는 거라면 이 나라는 적합하지 않다고. 영국, 미국 또는 캐나다가 더 적합할 거 같아." 그녀의 논리는 이러하다. 네덜란드는 이미 발전된 국가이기 때문에 사람들은 평등하고 평범하게 행복을 꿈꾸며 살고 있다. 너무 과하지도, 너무 못하지도 않은 딱 중간의 삶을 살고 있으며 그것이 네덜란드인들이 바라는 이상적인 삶이라고.

이처럼 그들은 '안전과 행복'을 바란다. 한국인이 생각하는 이상향과는 조금은 다른. 물론 한국에 사는 사람들도 저마다 성공과 꿈의 정의가 다르겠지만, 아직 우리 사회에서 통용되는 성공의 정의는 '안전과 행복'보다는 '돈과 명예'가 우선이다.

적당한 부와 적당한 명예 그리고 적당한 안전과 행복이 보장되는 곳은 과연 어디일까? 네버랜드는 존재할까? 결국, 마음먹기에 달린 걸까?

Marcel Kamphuis

&

Nikki Smits

Believe what you do, love what you do!

"프리랜서의 원천? 정부 보조금이지!"

자유로운 영혼을 가진 마셀과 니키. 오랜 동거 끝에 2년 전 결혼식을 올렸고 몇 달 전 귀여운 2세를 출산했다. 마셀은 문화기획가, 니키는 디자이너 (일러스트레이터)로 네덜란드 로테르담Rotterdam에서 자유로운 프리랜서로 살아가고 있다.

공연 보러 다니는 걸 좋아한다. 공연을 직접 기획하는 일에도 퍽 관심이 많다. 나도 모르는 사이 이런 애정은 나를 '리빙룸 콘서트'로 인도했다. 리빙룸 콘서트 Living Room Concert란 일반 가정집 내, 뮤지션을 초대해 음악공연을 진행하는 소규모 콘서트다. 우리나라에 '남의 집' 이라는 스타트업 플랫폼이 있다. 본인 집을 다양한 목적으로 사람들에게 공유하고 빌려주는 비즈니스다. 이곳에서 공연이란 목적으로 커뮤니티를 활성화한다면 그것이 바로 '리빙룸 콘서트'라고 볼 수 있다. 네덜란드에 거주하면서 매달 1회씩 로테르담에 방문했다. 바로 친구 마셀이 기획하는 리빙룸 콘서트에 방문해서 음악을 듣고 사람들을 만나기 위해서였다.

〈하고 싶은 일을 하기 위해서〉

마셀은 대학 시절 니키를 만났다. 그들은 현재 결혼 2년 차 신혼부부다. 결혼 전 8년동안 동거했다. 이들이 처음 살림을 꾸린 도시는 유트레흐트Utrecht 였다. 네덜란드 중부에 위치한 이곳은 특성상 20대가 주를 이루는 도시이자, 집구하기 힘든 대학도시다. 니키가 대학교를 졸업한 뒤 이들은 유트레흐트를 벗어나 더 크고 저렴한 도시로 이동했다. 현재 거주하는 로테르담Rotterdam이 바로 그 곳이다. 로테르담은 이민자들이 많이 거주하는 국제도시다. 따라서 다양한 문화, 음식, 언어를 만날 수 있는 곳이기도 하다. 마셀과 니키에게 더할 나위 없이 적합한 도시였다. 이 커플은 유럽은 물론이거니와 아프리카, 아시아까지 여행한 백패커 부부이기 때문이다.

마셀과 니키는 대학 졸업 후 여러 가지 일을 병행했다. 그건 자기가 하고 싶은 일을 하기 위한 그들의 계획이었다. 먼저 마셀은 공연기획가가 되기 위해 에디터 일을 시작했다. 프리랜서로 정부기관과 사기업에서 요청하는 기획일을 마다하지 않았다. 니키는 일러스트레이터가 되기위해 스타벅스에서 일을 시작했다. 이제야 그들은 안정적인 프리랜서가 되었는데… 꼬박 7년이 걸렸다. "돈을 벌어야 그림을 그리고 캐릭터를 연구할 수 있었거든. 내가 하고 싶은 일을 하기 위해 힘들었지만 몇 년 동안 두 가지를 병행했지." 니키가 말했다.

어쩌면 난 네덜란드를 좋아한다면서 장점만 보려 했던 것 같다. 스스로 좋은 고정관념을 만들어 냈던 것이다. 적어도 내 눈엔 네덜란드 사람들은 자기가 하고 싶은 일이 있다면 무조건 할 수 있는 것처럼 보였다. 돈 걱정 따위 없어 보였다. 모든 사람이 자기 일을 사랑하고 만족하는 것 같았다.
"죠디, 그거 고정관념 맞아! 물론 자기 일을 좋아하는 사람도 있겠지만 젊은 사람 중엔 그렇지 않은 사람이 많아."
부부의 이야기를 들어보니 어째 네덜란드 사회와 한국 사회가 비슷한 면이 많아 보였다. 네덜란드 기성세대들은 한 가지 직업을 가지고 평생 일해왔다. 이 때문에 요즘 젊은이들의 활동을 걱정하고 때론 이해하지 못한다. 네덜란드는 자유와 복지의 나라로 알려졌지만 그건 모두 사회의 엄격한 규칙과 질서 아래 만들어진 것들이다. 따라서 일부 네덜란드 사람들은 보수적이고 단호한 면을 가지고 있다.
네덜란드 정부는 기준 이하 소득자와 프리랜서, 스타트업을 꾸리는 젊은이들(소상공인에만 해당하는 것이 아닌 모든 개인/법인 사업자 해당) 중 일정기준 소득 미만인 사람들을 보조(약 40%) 하고 있다. 2018년까지 네덜란드 정부는 프리랜서 및 스타트업을 시작하는 사람들을 위해 사업 기틀을 도와주는 보조금 사업을 크게 진행했다. 마셀과 니키도 도움받았지만 현재는 종료된 상태다.
"과거보다 사업하기 어려워진 건 사실이야. 우리 또래들은 대부분 아르바이트를 병행하지. 어쩌면 네덜란드가 점점 경쟁 사회로 가는 분위기인 것 같기도 하고."

니키의 친구 A는 여전히 아르바이트를 병행하며 일러스트레이션(illustration, 그림이나 사진 등 시각적인 요소로 어떤 내용을 이해하기 쉽게 표현하는 것) 일을 한다. 문제는 아르바이트를 병행할수록 실제로 하고자 하는 일에 대한 집중도가 떨어진다는 거다. 선택과 집중이 필요한 시점이지만 '돈'이 항상 A의 발목을 잡는다.

그럼에도 불구하고 여전히 정부 지원 보조금 지원사업이 많다고 부부는 입을 모아 이야기했다. 세금 역시 적기 때문에 네덜란드에서 스타트업을 시작하기 위해 아직도 많은 외국인이 넘어오고 있다고.

〈프리랜서 육아 보조금〉

우리나라의 육아휴직은 1년이다. 하지만 모든 회사가 직원들에게 자유롭게 육아휴직을 권하진 않는다. 여전히 사람들은 빨리 복직해서 경력 단절을 막기 위해 노력한다. 반면 네덜란드의 육아휴직 기간은 통상 9개월이며 놀랍게도 프리랜서들은 국가로부터 약 3개월 동안 육아휴직 지원금을 받는다. 금액은 약 1,500유로 (한화 약 200만 원).

우리나라의 복지도 과거와 비교했을 때 수준급으로 올라왔다고 생각했는데, 복지국가 타이틀을 가진 네덜란드에겐 아직은 바위에 계란 치기 인 듯하다. 니키가 물었다. 퇴근하고 한국인들은 저녁 시간을 어떻게 보내는지 궁금해했다.

"나 같이 서울 근교에 사는 사람들은 집 가기 바쁘지. 보통 1시간 잡으니까."

아기에게 젖병을 물리던 마셸이 소리쳤다.

"1시간? 1시간이면 여기서 벨기에… 도착인데?"

톤

Toine Dominique Scholten

This is my life therefore I design it for myself!

"복지 시스템은 일부 젊은이들의 열정을 앗아가고 말았어."

실력 있는 뮤지션이자 공연기획가. 첫 EP 앨범을 준비 중이며 동시에 한국 내 한공연을 죠디와 함께 기획하고 있다. 네덜란드 태생으로 인생을 즐기며 살아내고 있다. 열정과 도전으로 자신의 음악을 많은 사람들에게 공유하고 싶다는 네덜란드에서 찾아보기 드문 열정남.

네덜란드에서 석사 공부를 마치고 일자리를 알아보던 어느 날이었다. 친구 마셀로부터 연락이 왔다. 헤이그 지역 거리축제를 기획하게 되었는데 도와달라는 긴급한 요청이었다. 평소 음악, 다문화 공연에 관심이 있는 터, 나는 주저 없이 그를 돕기 위해 크루로 합류하게 되었다. 기획, 마케팅 외에 크루들은 현장에도 직접 투입이 되어 공연 세팅과 진행을 도왔는데 톤Toine은 내가 맡은 아티스트 중 한 명이었다.

우리는 헤이그 북쪽에 있는 하버Haver라는 카페에서 열리는 일요일 공연에서 만났다. 카페는 문전성시를 이뤘는데 아침부터 브런치를 먹기 위한 손님들이 즐비했다. 그들은 우리 공연의 관객이기도 했기에 인파 속에서 나와 톤은 공연 세팅을 즐겁게 할 수 있었다. 하지만 뚜껑을 열어보니 상황은 달랐다. 공연은 성공적이었지만 호응은 대참사.

그로부터 약 2년이 흘렀다.

"죠디! 이게 얼마 만이야!"
"그러게 대참사 이후로 2년 만인가?"

우스갯소리로 우리는 인생 최악의 공연으로 하버에서 열린 그 날을 꼽고 있다. 카페 손님들은 브런치를 먹으며 수다 떨기에 급급했고 톤의 노래는 배경음악도 되지 못한 채 공중을 떠도는 먼지가 되어 사라지고 있었다.

공연장을 관리하는 것은 온전히 나의 몫이었다. 그런 상황에서 나는 극도로 긴장된 상태였고 톤의 음악은 귀에 들리지 않았다. 공연을 어렵사리 마친 후 집으로 돌아오는 길에 녹화한 그의 음악을 다시 들어보며 이런 대단한 음악이 오늘 하나의 먼지가 되었다는 사실에 분개했다. 그의 음악은 거짓말을 살짝 보태 월드클래스 급이었다.

〈네덜란드 음악, 재즈 & EDM〉

네덜란드는 우리에겐 잘 알려지지 않았지만, 음악으로 꽤 이름을 날리는 국가다. 특히 미국과 더불어 재즈의 양대 산맥이며, EDM은 세계 정상급으로 분류된다.

톤의 음악은 재즈의 영향을 일부 받았다. 자세히 말해, 그의 음악은 재즈, 블루스, 팝이 조화롭게 어우러진 네덜란드 팝을 지향하고 있다. 그는 오디션 프로그램 (네덜란드 보이스 코리아라고 불리는 De beste singer-songwriter van Nederland) 출신 가수인데, 음악적 방향성을 두고 해당 오디션 프로그램에서 자진 하차했다. 방송국이 원하는 음악, 누군가가 원하는 곡을 쓰고 노래를 부르는 것보다 본인이 사랑하는 음악을 하겠다는 의지를 표출한 것이다. 많은 아티스트들은 종종 갈림길에 설 때가 있다. 대중이 원하는 것을 따를 것인가 아니면 본인이 좋아하는 음악을 계속 지향할 것인가. 제작사와 투자자는 대중이 원하는 음악을 생산하여 돈을 만들어 내고자 한다. 고로 자본주의 사회에서 돈을 제외하고 본인만의 예술을 발현하는 것은 참 어렵다. 삶을 윤택하게 만드는 것이 문화예술이라고 하지 않았던가? 예술의 본질적 의미와 돈의 상관관계는 끝없는 고민일 것이다.

톤은 후자를 선택했다. 물론 그는 아직 대중에게 알려지지 않은 아티스트이기 때문에 결정을 쉽게 할 수 있었는지도 모르겠다.

〈연예인보다 아티스트지〉

우리나라의 엔터테인먼트 산업은 활발한 시장을 구축하고 있다. 대중의 관심을 이토록 받는 산업군이 있을까 할 정도로 광범위한 문화예술사업의 기반과 기틀이 잡혀있다. 첫 EP를 발매하면 해외투어를 진행할 예정인 톤은 공연 리스트에서 한국을 1순위로 뽑았다. 그는 한국 연예계 시장에 대해 잘 알고 있을까?

"톤! 한국에서는 소위 말해 떠야 해. 너의 음악을 알리고 유명해지려면 말이지."
"내 목표는 많은 사람들에게 내 음악을 공유하는 거야. 유명해지지 않아도 돼!"
"유명해져야지 사람들이 네 음악을 들을 수 있지 않을까?"

'A가 B라면 B는 A다.'라는 원칙이 머릿속에서 삐걱 대기 시작했다. 그와 나의 생각 방식은 왜 다른 것일까?

흥미롭게도 네덜란드에서는 연예인, 유명인에 대한 관심이 무서울 정도로 적다. 한 예로 암스테르담 Vijzelgracht 근처의 슈퍼마켓에서 장을 보고 집으로 오는 길에 나는 유명 인디밴드의 보컬을 본 적이 있다. 그는 여자친구와 한없이 다정하게 운하를 바라보고 있었다. 그를 알아보고 반응하는 것은 장바구니를 든 나밖에 없었다. 이거 한국이었으면 특종 아닌가? 유명 인디밴드 보컬이 시내 한복판에 있고 더군다나 연인이 옆에 있는데!

네덜란드 사람들은 연예인을 보고 달려들지 않는다. 관심이 없다. 그도 같은 사람인데 왜 호응하고 열광해야 하는지 모르겠다는 게 지론. 유명 할리우드 스타가 지나가면 눈길 정도는 줄 거 같다는 게 톤의 설명이다. 한국의 팬 문화는 이들에게 다소 충격적인 사안이 될 것임이 분명하다.

〈행복하면 성공한 거지〉

오래전부터 선진국 대열에 올라와 있던 네덜란드는 복지국가로 정평이 나 있다. 사람들은 부와 명예를 얻지 않아도 평등하고 안전하게 살 수 있는 터전에서 살아왔다. 그래서인지 이들에게 성공의 의미는 우리가 생각하는 것과 아주 다르다. 일례로 우리나라에서는 뮤지션으로서의 성공을 메가 히트곡 하나 정도 만들어 경제적 고민 없이 본인의 음악을 즐기는 거라고 할 수 있다. 한 마디로 슈퍼스타가 되어야지 성공했다고 말할 수 있는 분위기. 반면 네덜란드의 관점은 조금 다르다. 많은 사람들에게 자신의 음악이 공유되면 좋겠지만 그렇게 되지 않으면 어쩔 수 없다는 거다. 중요한 건 내가 사랑하는 음악을 하고 있다는 그 자체. 음악이 알려져 밀리언셀러가 되어 멋진 집과 자동차를 사는 소망은 한국에만 국한되어 있는 거였다.

언제부터 한국 사회에서 통용되는 성공이란 의미가 부와 명예로 정의되었는지 씁쓸하다. 우리나라는 네덜란드와 다른 사회체계를 가지고 있기 때문에 그 자체를 부정하고 싶지는 않다. 다만 사회의 분위기가 사람들을 옥죄어오는 게 아닌지 걱정된다. 사생팬 그리고 부와 명예에 휩싸여 고통스러운 면을 가진 우리나라 연예인들에게 어쩌면 네덜란드는 잠시나마 꿈꿔볼 수 있는 이상 사회가 아닐까?

갑자기 몇 가지 의문이 생기기 시작했다. 네덜란드에서는 연예인을 준비하다가 성공하지 못하면 경제적 어려움을 어떻게 이겨낼까? 예술 자체를 즐기는 태도의 근원은 어디일까? 연거푸 질문하는 내게 그는 명쾌한 해답을 내놓았다.

1. 톤이 좋아하는 음악을 하고 있다는 것 자체로 부모님은 행복해하신다. 뮤지

션으로 밥벌이를 못 할 수도 있다는 생각에 대학교 때 공연기획을 전공했다.

2. 예술 자체를 즐기는 태도는 네덜란드 정부가 아티스트를 육성하는 문화예술 분야에 적극 투자하기 때문이다. 한 가지 예로, 네덜란드 뮤지션이 해외 투어를 떠날 때 정부는 경비를 서포트 한다. 비행기라든지, 공연에 필요한 장비 금액이라든지. 네덜란드 국내 공연기획 또는 앨범 레코딩을 진행 할 때도 정부 보조금을 신청할 수 있다.

네덜란드와 더불어 일부 유럽 국가는 자국의 문화예술을 발전시키고 유지하기 위해 끊임없는 투자를 하고 있다. 그들의 이상향은 많은 사람들이 문화를 즐길 수 있도록 젊은 아티스트들을 육성하여 시민과 아티스트를 하나의 연대 관계로 구축하는데 있다. 경제, 사회시스템을 넘어 예술 문화 부분에서도 공정하고 공평한 사회를 만들려고 하는 것이다.

〈열정을 잃어버린 사회〉

인터뷰 마무리를 위해 그가 생각하는 네덜란드에 대해 물었다. 장점도 좋고 단점도 좋고 거짓 없이 이야기해달라고 요청했다. 고민에 빠진 그에게서 그간 느끼지 못한 냉정함이 풍기기 시작했다. 누군가 이 인터뷰를 통해 도움을 받거나 혹은 착각에 빠지지 않기 위해서 정확한 내용을 말하고 싶다는 게 그의 의도다. 최대한 객관적 의견을 말하고 싶다는 그의 목소리엔 차가움이 묻어났다. 무슨 말을 하고 싶은 걸까?

"내가 무엇인가를 하고 싶다면, 네덜란드에서는 대부분 가능해. 다시 말해서 네덜란드의 인프라는 부족함이 없지. 삶을 살아감에 있어서 이보다 완벽한 복지국가는 없을 거야. 하지만 이 때문에 나를 포함한 일부 네덜란드인들은 '열정'이란 걸 가지지 못했어." 알 듯 말 듯, 이해가 될 듯 말 듯 한 그의 말을 끊지 않고 계속 들어보기로 했다.

"많은 네덜란드 사람들은 부족함이 없기에 무엇인가를 얻으려고 노력하지 않아. 물론 온 힘을 다해 본인의 목표를 달성하는 사람도 있겠지. 하지만 극소수야. 네덜란드는 한국만큼 경쟁 사회가 아니거든. 난 그 점이 참 아쉬워. 그래서 열정, 노력, 도전… 이런 소중한 것들을 내 가슴속에 조금이라도 품고 살려고 항상 노력하고 있어." 그에게서 느껴진 것은 냉정함이 아니었다. 아쉬움이었다. 네덜란드의 단점에 대한 그의 진심 어린 마음.

"**히어로**는 늘 미국과 영국에서 나오곤 해. 민주주의 국가… 경쟁이 치열한 사회 속에서 말이야."

*히어로(Hero)
주인공, 스타, 영웅의 뜻을 내포하고 있다.

캐서린

Katherine

Yujie Xiang

Be Happy and have more experience in life!

"행복과 외로움 그 어딘가에서"

무역업 종사자. 원래는 무용가. 최종 꿈은 '캐서린' 이란 이름을 건 무용 커뮤니티를 설립하여 경영하는 것. 꿈꾸며 현재를 살아가는 아름다운 사람(美人).

19/10: OHLCETRONIC BRASSBAND (ROE)
16/11: NIELS BROOS
21/12: ARP FRIQUE & FAMILY

POLONCEAUKADE 23
1014 DA
AMSTERDAM
020 488 7778

NDERS
NERS
BACKS
ENING
E? MAIL NAAR
IFICAMSTERDAM.NL

CIFIC
CO / FUNK / SOUL
RD SATURDAY LIVE MUSIC
23:00 - 04:00

CIFIC
UL
VE MUSIC

XT
LINE UP:
JETRONIC BRAS
ARP FR

캐서린의 이력은 독특하다. 그녀는 중국에서 잘나가는 무용수였다. 하지만 늘 부족함을 느꼈다. 어떤 것에 목말랐는지 그녀 자신 조차 알지 못했다. 캐서린에게는 쌍둥이 여동생이 하나 있는데 초등학교 때부터 무용을 시작한 그녀와 달리 동생은 북유럽에서 공부를 시작했다. 어느 날 동생은 캐서린에게 물었다. "언니! 공부를 해보는 건 어때?"

한평생 무용에 몸담았던 캐서린은 동생의 말에 귀 기울였다. 사소한 제안에서 시작된 고민은 그녀를 네덜란드로 이끌었다. 네덜란드에 도착한 캐서린은 영어 공부를 시작했고 1년 후 경영학 석사 과정에 진학했다. 졸업 후 그녀는 무용가 경력을 살려 NDT (National Dance Theater, 세계 1위로 정평이 난 무용 단체)에서 디지털 마케팅 인턴을 시작했다. 그리고 현재 그녀는 자리를 옮겨 네덜란드 무역회사의 중국 마켓 담당 세일즈를 하고 있다.

대학원 졸업 후 오랜만에 만난 캐서린에게 물었다. "네덜란드 사는 거 어때? 여전히 좋아?"

미적거리는 그녀의 입술을 보아 하자니 긍정적인 답변은 아닌 듯 했다. 그녀의 표현을 빌리자면, Love에서 Like로 변했단다. 살아보니 어디든 비슷하단다. 어디서 살든 자기 자신의 신념이 중요하다고. 이어서 그녀는 말했다. "그럼에도 불구하고 중국에 없는 '자유'가 있는 곳이 바로 네덜란드야. 자유는 고향에 대한 그리움을 잊게 만들 수 있는 강력한 한방이지."

네덜란드로 이주한 외국인들이 꼽는 장단점은 얼추 비슷하다. 다양한 보조금과 20일이 넘는 휴가일수가 매력적이라는 것. 반면 형편없는 음식과 바람이 부는 날씨는 부각된 장점을 자주 뭉개버린다고.

캐서린은 말했다. 장단점을 따질 시기는 이미 지났다고. 5년 넘게 거주하다 보니 목구멍이 포도청이라 자조와 한탄보단 행복해지는 방법을 찾았다고.

평일은 무역회사에서 근무하고 주말엔 극장에서 무용을 한다. 때때로 아이들을 가르치기도 한다. 휴가 땐 이탈리아로 떠나 먹고 즐긴다. 이야기를 계속 듣고 있으니 어느새 유러피안의 삶에 스며든 그녀가 대견스러워 보였다.

일전에 네덜란드에서 함께 공부하던 시절, 그녀와 나눈 대화가 갑자기 생각났다. 한국은 트렌드에 민감하다. 누가 무슨 옷을 입었는지 가방은 어떤 브랜드인지 신경 쓴다. 하지만 네덜란드 사람들은 패션에 별 관심이 없다. 비바람이 부는 날씨에 적합한 실용적인 옷을 선호할 뿐이다.

이런 환경 속에서 나는 메이크업과 브랜드에서 벗어나 새로운 것에 관심이 생겼다. 사람들의 행동, 살아가는 방식 그리고 철학적인 관념에 대해 생각할 수 있는 여유가 생겼다고나 할까?

캐서린도 동일한 걸 느끼고 있었다. 중국에 살았을 때 그녀를 치장하던 문화에서부터 벗어나 홀가분한 기분으로 살아갈 수 있는 상태가 신선하다고 했다. 사람들의 시선으로부터 자유로워진다는 건, 그녀가 갈망하는 자유 속 또 하나의 자유였다.

그녀는 계속 꿈꾼다. 더 많은 경험을 통해 지금보다 더 나은 사람이 되겠노라고. 네덜란드에서 그녀의 이름을 건 댄스센터를 설립하는 꿈을 오늘도 꾼다. 그런 그녀를 응원하는 내 가슴이 왜 이토록 뜨거울까?

잭

Jack

Vintage

Become the most beautiful version of my self
- to reach my true potential!

"호레카 산업 속에서 꿈을 이루는 중이죠!"

바리스타이자 셰프. 하지만 그를 지칭하는 단어는 무궁무진하다. 네덜란드에
15년 넘게 거주 중인 영국인. 공간과 커뮤니티의 성장을 도모하는 마을 기획
가. 현재 소설과 시를 집필하는 작가이자 포토그래퍼.

네덜란드에서 유학하던 때였다. 골목 안쪽에 위치한 카페에 들어갔다. 나 같은 카페 꾼들은 분위기만 보면 대강 안다. 이곳이 커피 맛집인지 디저트 전문인지. Filtro Coffee Bar는 유럽풍이 아닌 모던하고 깔끔한 스타일의 에스프레소 바였다. 네덜란드에서 처음 느끼는 분위기.

커피는 단언컨대 최고였다. 주문한 플랫화이트는 적당한 커피와 우유가 궁극의 조합을 이룬 (한 마디로 내가 선호하는 커피스타일) 예술품에 가까웠다. 커피가 맛있으니 디저트는 어떤 걸 취급하고 있을지 궁금해졌다. 초코머핀과 김치 샌드위치가 보였다. '어라? 김치 샌드위치?'

그렇게 난 Filtro Coffee Bar 사장인 잭Jack과 친구가 되었다.

오랜만에 만난 잭은 굉장히 신나고 편안해 보였다. 나는 이유를 물었다. 3년간 운영했던 Filtro Coffee Bar를 다른 주인에게 양도했다는 생각지 못한 답변이 날아왔다. 영국에서 네덜란드로 이주한 지 언 15년이 된 그는 레스토랑의 셰프로, 카페의 바리스타로 요식업에 잔뼈가 굵다.

이곳에서는 음식과 관련된 산업을 '호레카Horeca'라고 칭하는데 어떤 음식을 만드냐에 따라 세금 범위도 달라지고 비자발급도 다르다. 공간 내에서 음식을 조리하여 판매하는 식당은 화력이 필요 없는 음식 (예를 들어 샌드위치를 판매하는 곳)을 만드는 식당보다 더 많은 세금을 부과하게 된다. 이에 따라 미리 조리 한 뒤 도시락 형태로 판매하는 곳도 종종 발견된다.

네덜란드 정부는 아시아 음식 시장을 키워보고자 하는 속내를 가졌는지 현재 아시안 셰프들 (아시아 음식을 조리할 줄 알며 그에 해당하는 자격증과 경험을 보유하고 있는 사람)에게 비자를 발급해주고 있다. 네덜란드에서의 호레카 산업은 끊임없이 발전 중이다. 하지만 잭은 호레카 산업에 새롭게 뛰어드는 사람을 극구 반대했다. 이미 너무 많은 레스토랑, 카페, 펍들이 즐비하고 있기 때문에 경쟁 속으로 들어가는걸 추천하지 않는다는 거다.

그런 그는 어떤 이유로 Filtro Coffee Bar를 시작했을까? 영국 태생인 잭은 어렸을 때부터 느꼈다. 부패와 향락, 더 이상 성장할 수 없는 삶의 구조가 유지되는 영국에서 떠나야겠다고. 그의 나이 16살, 가족들과 방문한 네덜란드는 그가 선택한 나라가 되었다. 다행히 먼 친척이 네덜란드 헤이그에 거주하고 있었고 친척의 도움을 받아 고등학교 졸업 후 삶의 조각들을 하나하나 옮기기 시작했다. 그리고 그의 모든 인생이 여기, 네덜란드 헤이그에 뿌리내렸다.

영국에서 만난 보모 덕에 그는 어렸을 때부터 음식에 관심을 가지게 되었고 자연스레 호레카 산업에서 그의 커리어가 시작되었다. 그에게 음식이란 다양한 문화를 대변해주고 사람들과의 소통을 가능케 하는 연결고리와 같았다. 덕분에 유럽 음식을 넘어 세계 각국의 음식에도 관심을 가지게 되었고 그의 최애 음식은 김치와 콤부차가 되었다.

여러 레스토랑과 카페에서 경력을 쌓던 중 현재 Filtro Coffee Bar가 위치한 건물 주인 A를 알게 되었다. 그는 잭과 가까운 사이가 되었는데, 어느 날 A는 잭에게 제안했다. "우리 건물이 위치한 이 거리는 상권이 죽어있어요. 혹시 잭이 생기를 불러일으켜 줄 수 있나요?"

우연을 어떻게 바라보냐에 따라 인생이 달라진다고 나는 믿는다. 잭과 A가 친구가 될 수 있었던 건 우연한 만남이었다고 잭은 귀띔했다. 평소 커뮤니티의 발전과 공간의 조화에 관심이 많던 잭은 마을 사람들과의 대화를 즐겼는데 A와의 친분도 그렇게 시작되었다. A는 아무 조건 없이 잭에게 건물 1층을 내주었다. 고민 끝에 그는 카페라는 공간을 만들기로 했다. 잭의 목표는 카페의 공간에서 사람들이 편히 쉴 수 있고, 따뜻한 교류를 하도록 만드는 것이었다. 분명 그것은 카페가 위치한 거리에도 활기를 가져다줄 것이라 믿었다. 2년 동안 나는 그의 카페 단골 중 한 명이었다. 장담컨대 잭은 본인의 사업 목표를 100% 이뤄냈다. 그는 다양한 이벤트를 기획했는데 요컨대 아침 클래식 공연, 포토스튜디오, 사진 전시회 등이 그런 종류들이다.

언젠가였지. 김치를 만드는 영상을 찍고 싶은데 Filtro Coffee Bar의 공간을 사용해도 되냐고 묻는 내게, 잭은 흔쾌히 수락했다. 그것 역시 커뮤니티 활성화의 하나였던 것이다.

앞으로 잭이 무엇을 하며 살아갈지 궁금해졌다. 현재 시와 소설을 준비 중이라고 하는데 그 주제는 커뮤니티 속 사람들의 유기적 관계에 대한 것이라 했다. 카페에 대한 일말의 미련은 없다고도 덧붙여 말했다. 그건 마치 '박수칠 때 떠나라'와 같았다. 가만히 생각하면 잭은 자기 인생을 스스로 가꾸고 목표한 것을 하나하나 이뤄냈다. 네덜란드로의 이주, 좋아하는 음식 산업에서의 커리어, 공간을 통한 커뮤니티의 활성화…. 잭에게 물었다. "그래서 다음 꿈은 뭐야?"

그의 대답은 내가 지향하는 삶의 방향과 너무나 흡사했다. 한 문장으로 요약해 바로 이것.

I'll keep going forward towards being the most beautiful version of myself that I can be.

신넴

Sinem

Ulug Ercan

I don't know the life but enjoy the moment!

"처음은 낭만, 현재는 생존"

건강한 음식을 사랑하는 신넴. 네덜란드에 이주한 지 언 10년이 다 되어가는 터키인. 네덜란드 북부도시 Zaandam에서 물류 오퍼레이팅 일을 하고 있다. 네덜란드에서 그간 부킹닷컴 터키어권 CS, 넷플릭스 터키어권 CS 매니저를 거쳤다.

삼 남매 중 막내인 나는 첫째인 언니와 자주 다투곤 한다. 하지만 때 되면 잊지 않고 서로의 생일을 챙기는 우린 흔하디흔한 자매다. 언니는 4월 15일에 태어났는데, 아 글쎄! 4월15일에 태어난 사람들은 나와 자매 사이가 될 운명을 타고났나보다.

네덜란드 석사 유학 중에 나는 신넴과 둘도 없는 자매사이가 됐다. 우리가 친해질 수밖에 없었던 이유 중 하나는 그녀가 나의 친언니와 같은 날에 태어났다는 별거 아닌 이유에서 시작되었다.

신넴은 남자친구를 따라 네덜란드로 이주했다. 그녀는 터키에서 물류 업계 세일즈로 근무했는데 결혼을 약속한 남자친구가 네덜란드로 발령을 받는 바람에, 아 글쎄! 상상도 하지 못한 네덜란드로 이주하게 되었다.

〈정착은 멀고도 어렵다〉

그녀의 첫 정착은 녹록지 않았다. 영어로 의사소통이 어려워 암스테르담에 이주한 이후 그녀가 제일 먼저 한 일은 영어 공부였다. 얼마 후 네덜란드어 공부도 시작했다. 새로운 문화에 흡수되기 위해선 가장 중요한 것은 첫째도 언어요, 둘째도 언어라는 말이 괜한 소리가 아니다.

이후 신넴은 부킹닷컴에서 터키어권 고객을 담당하는 B2C 고객관리직으로 근무했다. 네덜란드 학위를 가지고 있지 않았고 더군다나 네덜란드어를 능숙히 구사하는 것도 아니라 그녀는 매번 이직 면접에 낙방했다. 그녀가 원하는 것은 단순했다. "터키에서 일했던 동일한 포지션에서 근무하고 싶은데, 언어가 발목을 잡네."

이방인들이 가지기 쉬운 일자리는 모국어와 관련된 번역과 통역 일이다. 또는 그와 비준한 고객서비스 관리 정도. 지푸라기라도 잡는 심정으로 신넴은 헤이그에 위치한 대학원에 진학했다. 그런데, 아 글쎄! 하늘도 무심하지… 드디어 네덜란드 생활에 물꼬가 틀 무렵, 그녀의 건강이 악화되기 시작했다. 간암에 걸린 신넴은 대학원을 쉬면서 항암치료를 시작했고 동기들이 졸업할 때쯤 완쾌가 되어 돌아왔다. 건강해진 신넴은 넷플릭스 터키어권 고객관리 매니저로 근무하며 학업을 병행했다. 현재는 졸업 후 Zaandam에 위치한 터키계 물류회사에서 오퍼레이터로 근무하고 있다.

〈농업에게서, 식물에게서 치유받다〉

항암치료로 인해 신넴은 건강한 식습관에 관심을 가지게 되었는데 거기엔 네덜란드의 스마트팜Smart Farm과 케어팜Care Farm이 한몫했다. 네덜란드는 우리나라 국토 면적의 절반도 되지 않는 국가이지만 연간 농식품 수출액이 전 세계 2위 규모다. 연구기관과 농민이 협력하여 IT기술을 농업 분야에 사용하여 손쉽게 작물을 재배하여 수출할 수 있는 환경을 만든 것이다. 네덜란드에서는 다채로운 식재료 뿐만 아니라 사시사철 아름다운 꽃을 언제든지 구매할 수 있는데 바로 이런 기술 덕분이다. 때 되면 건강 음식을 구매하는 신넴과 같은 고객들에게 이런 스마트팜은 참 고마운 사업이다.

"스마트팜 기술보다 내가 네덜란드에서 가장 놀랐던 건 '케어팜'이야."

케어팜은 도시 생활에 지친 사람들에게 작물을 키우는 과정에서 여유를 주고, 장애인이나 노인에게 농장을 이용하여 치유효과를 경험할 수 있도록 하는 새로운 사회적 대안 방법이다. 사람들은 농작물을 재배하는 과정에서 깨달음과 자신의 존재의 필요성에 대해서 생각할 수 있다. 치유농업이라고도 불리는 케어팜은 신넴에게 어떤 영향을 주었을까?

"말 그대로 치유. 아플 때 이런 생각에 잠겼었어. 난 곧 죽을 사람이다. 난 고향을 떠나왔고 어디에도 귀속되지 못하는 존재다. 그래서 난 이 세상에 불 필요한 사람이다."

부정적인 생각에 휩싸인 그녀는 우연치 않은 기회에 식물을 재배하게 되었다. 환자인 그녀가 할 수 있는 거의 유일한 활동이었다. 날마다 물을 주고 식물을 돌봤다. 어느새 뿌리를 내리고 열매를 맺는 식물을 보고 그녀는 느꼈다. '내 도움이 필요한 존재가 있었다니!' 식물을 가꾸는 행위에서 그녀는 존재의 이유를 찾았다. 초록색 잎을 바라보는 하루 일과가 그녀에게 행복감을 주었다.

그녀의 네덜란드 히스토리는 네덜란드로 떠나는 외국인들에게 가장 큰 표본이 되지 않을까 싶다. 새로운 국가로의 이주는 장밋빛 인생처럼 아름답지만은 않다고.

〈비슷한 사람을 만난다는 의미〉

신넴이 또 하나 공유하고자 하는 것은 '친구'다. 인간은 사회적 동물이라 하지 않았나? 새로운 나라에 살기 위해서 친한 친구 하나쯤 생기기 마련이다. 그런데 불행히도 네덜란드어를 구사하는 현지인을 사귀는 것보다 처지가 비슷한 사람을 만날 확률이 더 높다. 네덜란드에 이민 온 사람들과는 어쩔 수 없이 통하는 게 많다. 그래서 더 쉽게 친해진다. 예를 들어 동일 문화권 사람들 (구사하는 언어가 비슷하거나 먹는 음식이 비슷한)과는 내일부터 제일 친한 친구가 될 수 있다.

이주한 지 10년이 되어가는 신넴은 마지막으로 이런 말을 남겼다. "처음은 낭만이었지. 현재는 생존이야. 편안한 환경 (Comfortable zone)을 더는 떠나기 싫어. 하지만 여전히 도전하며 즐기는 삶을 꿈꾸긴 해. 그런 사고방식이 내 안에 내재되어 있지 않았다면, 난… 터키에 있었겠지?"

말끝을 흐리던 그녀는 갑자기 눈물을 쏟아냈다. 왈칵-

"터키에 있는 친구들이 가끔 그래. '거긴 좋지? 부러워!' 아… 그런데… 눈물 난다… 아니잖아… 극복할 게 많잖아… 너도 알잖아, 죠디…."

조

Joe Goldiamond

Love!

"A를 받기 위해 공부하지 않는 이상한 학생들?"

미국인이지만 네덜란드에 20년 넘게 거주한 토박이. 그의 삶은 마치 영화와도 같다. 미국 예일대 졸업 후 갭이어Gap year 기간에 파리에서 불어를 공부했다. 그곳에서 아내를 만나 프랑스에 정착하게 되었다. 이후 인접 국가 네덜란드로 이주하게 된 조. 그는 어떤 스토리를 품고 네덜란드에 왔을까? 어떤 관점을 가지고 네덜란드를 바라보고 있을까?

미국인 조는 네덜란드로 20년 전 이주했다. 시작은 프랑스였다. 미국에서 대학 졸업 후 그는 불어를 배우기 위해 프랑스에 오게 되었는데 그곳에서 현재의 아내를 만났다. 이후 자연스레 프랑스에 정착하여 개인사업을 시작했고 사업과 연구가 개방적인 네덜란드로 이주하게 되었다. 현재는 네덜란드에서 경영학 교수로 일하고 있다.

처음 네덜란드로 이주했을 때 그는 정서적으로 불안했다. 삶의 터전을 옮기고 새롭게 뿌리 내린다는 것은 누구에게나 어렵다. 그러던 중 아내가 갑작스레 병에 걸려 세상을 떠났고 고등학생 아들을 돌보며 힘든 나날을 보냈다.

"나보다 아들이 더 힘들었지. 여전히 정체성에 대해 혼란스러워하는 거 같아."

조의 아들 윌리엄은 미국 국적자로 프랑스에서 태어나 10살까지 파리에서 어린 시절을 보냈다. 이후 청소년기에 아버지를 따라 네덜란드로 이주했다. 다행히 윌리엄은 엇나간 행동은 하지 않았지만, 이방인이란 생각을 자주 한다고 조는 귀띔했다.

그럼에도 불구하고 조와 윌리엄은 '교육' 때문에 네덜란드에서 거주하기로 결정했다. 유럽 내에서도 손꼽히는 교육시스템을 자랑한다는 네덜란드. 과연 무엇이 다를까?

조는 말했다.

이곳의 학생들은 미국과 다르게 A학점을 받기 위해 공부하지 않아요. 이상하죠? 미국인들은 좋은 학점, 명문대에 들어가기 위해 사활을 걸죠. 반면 어렸을 때부터 적성에 맞는 교육과정을 선택할 수 있는 네덜란드 학생들은 조금 다른 것 같습니다.

초등학교 졸업 후 네덜란드 학생들은 VMBO/HAVO/VWO 중 적성에 맞는 중고등학교 진학과정을 선택합니다. VMBO는 일반 중고등교육이자 추후 MBO (직업교육 과정)에 진학하는 루트입니다. HAVO는 추후 HBO (전문대) 진학하는 일반 중고등교육, VWO는 추후 WO (연구대학)에 진학하는 일반 중고등교육을 뜻합니다. 복잡한 만큼 체계적이고 학생들을 위한 시스템이란 느낌이 강하죠.

예를 들어 기술을 익혀 직업을 갖고자 하는 사람은 VMBO를 진학하여 졸업 후 MBO과정을 가죠. 예체능이나 IT쪽에 관심 있는 사람은 HAVO과정 졸업 후 HBO에 진학합니다. 이해를 돕기 위해 표를 하나 그려볼게요.

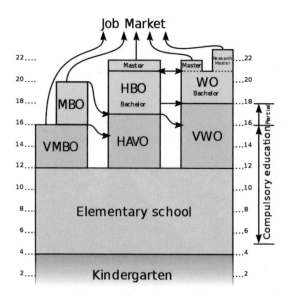

〈그림출처, Wikipedia〉

세분화된 교육시스템 덕분에 학벌이란 게 존재하지 않죠. 학생들도 학업에 대한 스트레스가 적습니다. 여기서 외국인 학생들이 혼란스러워하는 게 있어요. 바로 HBO와 WO에 대한 선입견이죠. 한국식으로 표현하자면, '전문대'와 '일반대학'으로 나눌 수 있을 것 같네요. 하지만 애초 학생들의 적성과 관심도에 따라 교육 분야를 체계화해둔 네덜란드에선 전문대와 일반대학의 차이가 거의 없어요. 게임회사 같은 IT 전문기업에 취직하기 위해 HBO를 일부러 진학해서 졸업하는 학생도 있어요. 왜냐고요? HBO는 학생이 실무에 바로 투입될 수 있도록 지식뿐만 아니라 실무 경험과 과제를 강의 시간에 진행하죠. 내가 속해있는 헤이그 대학교도 같아요. 나는 학생들에게 마케팅 지식뿐만 아니라 실제로 연계되어있는 대기업들과 협업하여 학생들이 아이디어를 제공해주거나 인턴을 할 수 있도록 돕습니다.

미국보다 평등의 개념이 사회 전체에 스며든 네덜란드에서 그는 교수 생활을 계속 이어갈 예정이라 했다. 그의 아들 윌리엄에게도 이런 교육 환경이 좋은 자양분이 될 것이라 믿는다며, 조는 한국 학생들도 네덜란드 교육시스템을 꼭 경험하면 좋겠다고 추천했다.

위츠커

Wietske
Lenderink

I can make my dreams come true as having happiness!

"굳이 결혼하지 않아요. '파트너'라는 개념이 존재하거든요."

한국어를 능수능란하게 구사하는 네덜란드 여자. 한국에서 대학을 졸업하고 1년 동안 한국회사에서 근무한 경험이 있다. 현재는 네덜란드로 돌아가 개인 유튜브 채널을 운영하며 스위스계 헤드헌팅 회사에서 근무하고 있다.

네덜란드 중앙 동북부, 즈볼러 Zwolle라는 큰 도시가 위치하고 있다. 네덜란드에 오래 거주했지만, 즈볼러는 몇 달 전 출장으로 처음 방문한 곳이다.

운하를 끼고 걷다보니 어느새 광장에 다다랐는데, 그곳엔 과거 성당을 개조한 서점Waanders In de Broeren이 자리 잡고 있었다. 내부 작은 창으로 들어오는 햇살을 맞으며, 한참을 서점 구경에 몰두했다. 그러다 한 시간 후 역사 근처의 카페에 방문했다. 어느 도시를 가든 카페를 들르는 건 나의 작은 여행 습관인데 오늘은 이곳에서 위츠커를 만나기로 했다.

"안녕하세요!"

위츠커는 한국어를 구사하는 네덜란드 여자다. 이역만리 타지에서 외국인에게 듣는 한국식 인사가 그저 신기했다. 우리는 다채롭게 주제를 변경해가며 깔깔깔 대화를 이어갔는데 그게 탈이었다. 대낮에 시작된 수다는 한밤중 바에서 취기가 돌 때까지 계속되었다.

〈네덜란드인의 편견, '왜 저렇게 열심히 하지?'〉

위츠커는 고등학교 졸업 후 라이덴대학교Leiden University 한국학과에 입학했다. 그 후 한국으로 교환학생을 떠났고, 심도 있는 한국어 공부를 위해 라이덴대학교를 자퇴한 후 한국의 한 대학교에 재입학했다. 그녀의 이러한 결정이 담대하고 진취적으로 느껴졌다. 적어도 내겐 그랬다.

하지만 네덜란드 사람들에게 그녀는 이상한 존재였다. 이유는 간단했다. 평등 속 행복을 지향하는 네덜란드는 경쟁이 적기로 소문나 있다. 학교에서 학생들은 누구보다 더 높은 점수를 받기 위해, 누구보다 더 좋은 학교에 가기 위해 노력하지 않는다. 그저 수업에 충실할 뿐. 공부를 잘해도, 돈이 많아도 미국 (현대적 의미의 최대 자본주의 국가)처럼 많은 부를 획득하거나 명성을 가지는 것이 어렵다. 엄밀히 말해 그런 사회가 아니기 때문에 애초부터 '잘하다', '많다'의 개념이 경쟁 사회에 살고 있는 우리와 다르게 규정되어 있다.

한국행은 그녀가 처음으로 보여준 이상 행동은 아니었다. 어렸을 때부터 위츠커는 또래들과 다르게 공부를 열심히 했다. 그냥 재미있어서. 그런 그녀를 보고 친구들은 수군거렸다. '쟤는 왜 저렇게 열심히 하지?'

몇 가지 실마리가 풀리는 것 같았다. 외국 사람들, 특히 서유럽과 북유럽권 사람들은 '한국 사람=수학영재'로 보는 인식이 있다. 한국의 교육열과 경쟁 사회가 만들어낸 고정관념stereotype일 것이다. 사회체계 자체가 다른 유럽권 사람들 눈에 한국인이 모두 괴짜 수학자처럼 보이듯, 우리 눈에 그들은 여유로운 한량 유러피안처럼 보인다. 어쩌면 서로의 사회를 제대로 인지하지 못해 빚어진 선입견이 아닐까?

〈네덜란드 동거문화, '파트너'〉

사실 우리의 수다 3분의 1은 연애였다. "결혼 전, 딱 3개월만 살아보면 상대방에 대해 알 수 있지 않을까? 연애와 결혼은 다르니까 나는 그렇게 하고 싶어." 동거라는 것을 불편하게 생각하는 사람들이 많다. 이런 내 생각에 동조하는 사람들도 있겠지? 위츠커도 그중 한 사람이었다.

네덜란드는 동거를 합법적으로 관리한다. 쉽게 말해 남녀가 동거할 때, 혼인신고서와 같은 서류를 작성해서 동사무소에 제출한다. 우리나라는 '비혼', '동거', '결혼' 세 가지 명칭으로 분류되는데, 반면 네덜란드는 '비혼', '파트너(동거라는 개념의 일종)', '결혼'으로 분류하여 파트너 관계를 법적으로 관리 받을 수 있도록 하고 있다.

그렇다면 네덜란드 내에서 '파트너'와 '결혼' 모두 법적 보호를 받고 있는데, 왜 사람들은 결혼하지 않고 굳이 파트너 관계를 맺는 것일까? 남녀평등을 지향하는 네덜란드는 과거 동성애 결혼을 합법화 했는데, 그전에 시작된 것이 바로 동성애 파트너 관계를 법적으로 용인한 것이다. 이후 사람들은 남녀 사이에도 파트너 관계를 만들어 달라고 요청했고 현재의 '비혼', '파트너', '결혼'이라는 세 가지 개념이 네덜란드에 뿌리내리게 되었다. 파트너와 결혼의 차이는 돈을 들여 '식(式)'을 올리냐 마냐의 차이라고 위츠커는 부연설명 했다. 우리나라처럼 축의금을 받는 문화가 아닌 네덜란드에서는, 하객들의 식사 비용은 모두 신랑 신부의 몫이 된다. 식장 (보통 교회에서 진행)예약부터, 음식 대접, 신혼여행 등 이 모든 것이 금전적 부담으로 다가와 결혼보다는 파트너 관계를 선호하는 사람이 많다고. 물론 종교의 영향도 무시할 수 없는데, 기독교를 믿지 않는 사람들은 교회에서 결혼하지 않아도 된다고 생각하기 때문에 파트너 관계를 원하기도 한다. 그래도 여자라면 드레스만큼은 꼭 입어보고 싶다는 게 그녀의 지론. 성대한 식은 올리지 못해도 누군가와 파트너 관계를 시작하게 된다면, 가족들과 소박한 식사로 식을 대처하고 아름다운 드레스를 입어보겠다는 거다.

〈예쁘다는 말은, 그만!〉

펍에서 몇 잔의 맥주를 마셔댔을까? 술 마시는 일이 중노동으로 변해 갈 때쯤, 그녀는 또 다른 흥미로운 이야기를 꺼냈다. 그녀가 몸소 겪은 한국과 네덜란드의 취업 이야기였다. 취준생이었던 그녀에게 사람들이 자주 날리는 단골 멘트가 있었는데, "위츠커는 예쁘니까."

능력보다는 외모로 평가되는 기분을 지울 수 없었던 일 년 동안의 한국 인턴 생활기를 그녀는 내게 들려줬다. 평소 '예쁘다'라는 말을 들어보지 못한 내 입장에서는 참 부러운 일이었지만, 사실 마땅히 잘못된 표현이었다.

"잘 모르는 사람도 내게 예쁘다는 말을 자주 했어. 어떤 회사에선 내가 예뻐서 채용할 거라는 말도 들었고."

그러고 보면 나 역시 네덜란드에서 학교, 회사 생활을 하면서 단 한 번도 '예쁘다', '멋지다'라는 말을 들어본 적이 없었다. '이 학생은 예쁘니까 학생 모델을 시켜야 해.', '저 직원은 얼굴이 호감형이니 더 많은 고객을 유치할 거야.'라는 한국에서 자주 들을 수 있었던 그런 말들.

화장기 없는 얼굴에 흰 티, 청바지는 내가 좋아하는 착장이다. 조금 더 격식을 갖춰야 하는 곳이라면 검정 슬랙스에 화이트 셔츠를 입고 옥스퍼드화를 신는다. 나도 여자이다 보니, 가끔은 하이힐이 신고 싶지만 모계 쪽 유전인 무지 외반증으로 구두를 오래 신으면 발이 아프다. 나도 여자이다 보니, 가끔은 눈 화장도 예쁘게 하고 싶지만, 아이라인이 번질 것만 같은 불안감에 자꾸 예쁜 척을 하게 되고, 그런 척을 하게 되면 나다움을 잃는 것 같아 지양하게 되었다. 나도 여자이다 보니, 가끔은 명품 가방을 들고 싶지만 퍽 구매할 여력도 없을 뿐만 아니라 사달라고 애교 피울 남자도 없다. 이런 나를 몇 명의 친구는 (심지어 우리 엄마도) 사내 녀석 같다고 수군거렸다.

우리나라를 나는 참 좋아하지만, 여성성을 강조하며 뷰티와 명품에 민감한 사회 분위기는 나를 옥죄어 왔다. 그런 내가 자유로울 수 있었던 곳은 다름 아닌 네덜란드였다. 얄궂은 바람과 매일 내리는 여우비 덕분에 더치 여성들은 화장기 없는 얼굴에 실용적인 옷을 선호한다. 청교도의 영향으로 부의 과시를 극도로 지양하는 네덜란드인들은 명품 구매보다는 사회적 기업의 물품을 선호한다. 남녀평등이 사회 전반 부에 깔린 덕분에 남자에게 애교를 피운다는 개념은 마치 아기가 엄마를 찾는 것과 비교되기도 한다.

인간은 환경에 영향을 받고 적응하는 동물이라 하는데, 한국에 있었을 때의 나는… 네덜란드에 있었을 때의 나는… 어떤 영향을 받아 지금의 '나'가 되었을까? 위츠커는 어땠을까?
그녀의 일, 사랑… 모든 앞날을 응원하며, 조심스레 나도 빌어본다. 나의 미래가 무사하길.

누구도 아닌 나를 위해 삶을 영위하길.

여스

Jos

Ruijs

Small contribute to make the world a better place!

"일할 땐 일하고, 쉴 땐 쉽니다."

예술을 사랑하는 신사. 30년 넘게 암스테르담Amsterdam에 사는 찐 암스테르
다머. 네덜란드 중부 도시 Zeist에서 호텔을 경영하고 있으며, 타국의 저소득층
아이들을 후원하는 기부 활동을 꾸준히 하고 있다.

네덜란드의 큰 호텔들은 보통 극장을 동시에 운영하고 있다. 그곳에서는 다양한 문화행사를 진행하는데 콘서트, 연극, 무용 등의 공연이 리스트업 된다. 여스는 네덜란드 중부에 있는 제이스트Zeist에서 호텔을 경영하고 있다.

대학 졸업 후 그는 네덜란드 대기업 중 하나인 필립스Philips에서 직장생활을 시작했다. 8년의 커리어를 끝마친 뒤, 여스는 가업을 물려받기 위해 호텔사업에 뛰어들었다. 평소 그는 사람 만나기를 즐기며 예술에 조예가 깊다. 어쩌면 그는 덕업일치의 표본일지도 모르겠다.

〈야근하는 사람들〉

여스는 내가 알고 있는 네덜란드 사람 중 손꼽히는 워커홀릭이다. '유러피안들은 적게 일하고 많이 쉰다.'라고 생각했던 나의 고정관념을 깨준 인물이기도 하다.

네덜란드에도 한국처럼 야근이 존재한다. 특히 글로벌 기업의 본사가 위치한 암스테르담Amsterdam, 로테르담Rotterdam 등의 대도시에는 야근하는 사람들과 교대근무 하는 직장인들이 많다. 여스처럼 사업을 하는 경영자들은 밤낮이 없을 정도다. 하지만 네덜란드 사람들은 일 한만큼 쉰다. 반면 한국은 여전히 눈치를 보며 휴가를 쓴다. 열정을 쏟아부은 만큼 쉴 수 있는 자유로운 시대는 언제쯤 도래할까?

〈돈을 대하는 태도〉

돈에 대한 네덜란드인의 인식과 뿌리는 귀족 문화와 청교도의 영향을 받았다. 오래전부터 부에 대한 과시는 미덕이 아니라고 사람들은 믿어왔다. (물론 과시하는 사람들도 종종 있지만, 극히 드물다.)

하루는 여스가 코트를 급히 벗어 던지고 커피를 만들었는데, 아무렇게나 벗어 던진 코트를 문 뒤에 걸며 나는 "무슨 일 있으세요? 왜 그렇게 급하세요?"라고 물었다. 여스를 알고 지낸 지 10년이 지났다. 그 코트는 겨울이 되면 여스가 항상 입는 외투였는데 난 그 제품이 프라다Prada 제품이란 걸 코트를 걸면서 알게 되었다.

그는 물건을 오래 쓰고 아껴 쓴다. 실용적인 것들을 선호하며 명품은 과시욕이 아닌 오래 사용할 수 있는 브랜드 중 하나라고 믿는다. 이름값에 튼튼한 옷감이 더해졌기 때문에 10년이 넘게 사용할 수 있다는 게 명품을 대하는 그의 태도다.

여스가 제일 선호하는 시계는 스와치Swatch 제품이다. 깔끔하고 저렴하고 쉽게 A/S 받을 수 있기 때문이다. 출근할 때 그는 에코백을 메거나 배낭을 멘다. 자동차는 몇 년 전 다른 이에게 넘기고, 요즘엔 대중교통을 이용해 출퇴근한다. 점심은 집에서 햄과 치즈를 식빵에 얹어 샌드위치를 싸가거나 간단한 과일을 준비한다.

여스만이 고집하는 라이프 스타일이 아니다. 대부분의 네덜란드 사람들은 이와 같은 생활이 몸에 배어 있다. 자연환경과 사회 일부가 더치들의 절약 습관에 영향을 주었다.

1. 평평한 땅 → 자전거 타기에 용이 → 자동차 구매 필요성 저하

2. 대도시의 높은 주차장 비용 → 대도시 사람들의 자동차 구매 필요성 저하

3. 비, 바람 등 날씨의 악조건 → 우비처럼 실용적인 물건을 선호 / 오래 입을 수 있는 옷 선호

부끄럽게도 일부 한국인들은 돈에 대한 과시욕이 매우 높다. 재벌이라는 단어도 우리나라에서 생겨난 용어인데 실제 사전을 찾아보면 '대한민국 내 거대 자본을 가진 경영진이 가족, 친척 등 동족을 주축으로 이루어진 혈연적 기업체. 일본의 자이바츠가 먼저 생겨난 뒤에 등재된 단어'로 표기되어 있다.

그렇다면 네덜란드는 우리나라와 비교했을 때 무엇이 비슷하고 다를까? 사소한 질문에서부터 개인적인 질문까지 조금 더 깊숙이 여스에게 물었다.

네덜란드에 거주하는 모든 사람은 평등하다?

'인권'이란 기준으로 본다면 YES. '부'의 기준으로 본다면 아직은 아니야. '가난'의 정의를 어떻게 내리냐에 따라 다르겠지. 예를 들어 미혼모 가정에서 태어난 아이는 정부 보조금으로 양육될 텐데… 예쁘고 비싼 옷을 살 수 없을 테지. 먹고 싶은 것, 보고 싶은 영화 등 원하는 것을 모두 가지면서 살 수 는 없어.

네덜란드인들은 더치페이를 한다?

처음 만난 사람이라면 각자 계산하지. 친구 사이라면 때에 따라 다르지만, 더치페이도 하고 내가 1차, 2차는 친구가 계산하기도 해. 사랑하는 사이라면 아무래도 남자 쪽이 더 많이 지불하지. 이건 만국 공통 아닐까?

네덜란드인들은 해외여행을 자주 한다?

네덜란드의 국토면적은 매우 작아. 한 시간이면 다른 국가에 도달할 수 있지. 예를 들어 벨기에라든지 독일 같은 이웃 나라의 국경은 맘먹고 당일치기도 가능해. EU 국가 내 이동도 매우 용이해서 여름 휴가는 보통 프랑스, 그리스 등으로 많이 가지.

네덜란드인 대부분은 국제지향적 마인드를 가지고 있어. 외국어에 능통하기 때문에 유럽을 넘어 아시아, 남미 등지로도 여행을 자주가. 네덜란드 GDP(1인당 국내 총생산)는 전세계 10위인데, 경제적 요인도 한몫하는 것 같아. 한국 사람들은 잘 모르겠지만 네덜란드를 기반으로 한 글로벌 기업이 정말 많아. 한 가지 예로 우리나라의 대표기업 ASML의 주 고객은 삼성이야. 이 외에도 필립스Philips, 로얄더치쉘Royal Dutch Shell, 하이네켄Heineken, 부킹닷컴Booking.com, KLM, ING 등 많은 기업들이 존재하지.

또한 네덜란드는 세계 2위 농업 수출국이자 기술산업까지 발전한 나라이기도 해. 네덜란드 정부가 보유하고 있는 연금이 세계에서 가장 많기도 하지. 그래서 네덜란드인들은 청년 시절 뿐만 아니라 노후도 여행하며 즐겁게 지내지. 그리고 더치 사람들은 호기심이 매우 강하기 때문에 여행을 자주 가는 것 같아.

마지막 질문은 개인적으로 궁금했던 저축 이야기였다. 알고 지냈던 한국인 언니가 유언비어처럼 내게 했던 말이 있다.

"네덜란드 정부는 개개인의 통장을 확인한대!
개인 계좌에 일정 금액 이상이 들어있다면 더 많은 세금을 부과한대!
그래서 네덜란드인들은 월급을 받는 즉시 써버리곤 한대!"

네덜란드 사람들은 돈을 모으지 않는다?

이건 사람마다 다를 거야. 옷, 액세서리 등 소비재를 구매하는 사람들도 있고 집을 구매하는 이들도 있지. 또는 벌어들인 수입을 주식이나 스타트업에 투자

하는 사람들도 있지.

나 같은 경우는 30년 전에 내가 살고있는 이 집을 구매 했어. 아무래도 집을 사는 게 가장 큰 가치가 있다고 판단했으니까. 30년 전보다 10배 값이 뛰었어. 한국에 비하면 그리 좋은 수익은 아니지? 하하. 그래도 내 기준으론 어마어마해. 나는 그 수익으로 좋아하는 아티스트의 그림을 구매하고 그들을 돕고 있어. 나의 작은 관심과 후원이 그들을 성장시킬 수 있다면, 더 좋은 작품을 만들어 낼 거라는 믿음 때문이지. 그뿐만 아니라 빈곤국 아이들을 돕는 후원도 하고 있어.

여스와의 대화에서 항상 배운다. 그리고 늘 결심한다. 그를 닮아 나중에 나도 멋진 사람이 되면 다른 사람들을 돕겠노라고. 오늘 이야기를 나누며 다시 한 번 그 결심을 되새겼다. 내게 선한 영향력을 행사하는 그가 있어 감사하다.

피터 & 요크

Peter van Der Tol

&

Joke van de Rijt

Be happy and love nature, family and chicken!

"덴마크 휘게, 스웨덴 피카 그리고 네덜란드 닉센!"

네덜란드 남부 듀렌Deurne에 거주하는 노부부. 피터는 정년퇴직 후 국제봉사 단체의 회원으로 봉사하는 삶을 살아가고 있으며 아내 요크는 도서관 사서를 퇴직하고 유튜브 영상 편집을 배우고 있다. 자연을 사랑하며 여유로운 일상을 지내고 있지만 늘 배움을 멈추지 않는다. 듀렌에 살고 있는 피터와 요크의 이야기를 들어보자.

Q) 작은마을 뒤렌에 거주하게 된 특별한 이유가 있으신가요?

피터의 직장이 뒤렌 근처이다 보니 자연스레 거주하게 되었어요. 우리가 이곳으로 이주한 지 벌써 20년이 흘렀네요. 그 전엔 암스테르담 근처 도시인 잔담 Zaandam과 로테르담Rotterdam에서 살았습니다.

Q) 두 분을 뵈면 항상 기분이 좋고 마음이 따뜻해져요. 비결이 뭔가요?

글쎄요. 우리 모두 정년퇴직해서 여유로워요. 네덜란드 생활 자체가 한국에 비해 여유롭고 경쟁이 덜한 곳이기도 해서 죠디 눈엔 우리가 행복한 사람들로 비쳤는지도 모르겠네요. 하지만 우리도 고민거리가 늘 존재하고, 부지런히 살아가는 사람들이랍니다.

Q) 네 맞아요, 제 눈엔 유럽인들이 행복해 보여요. 특히 유럽의 인권과 복지가 부럽습니다.

복지라면 네덜란드는 세계에서 손에 꼽히는 국가죠. 하지만 인권은… 글쎄요, 남녀평등을 이뤄낸 국가라고 언론에 비치긴 하지만 아직 100% 동등하진 않아요.

Q) 그렇다면 제게 소개해줄 만한 혹은 자랑하고 싶은 네덜란드 자부심에 대해 이야기해볼까요?

1. 땅부심

국토의 4분의 1이 해수면보다 낮은 네덜란드는 바다를 메꿔 땅을 만들었습니다. 여러분이 네덜란드에 와서 흔히 만날 수 있는 '풍차'가 바로 간척사업 조성을 위해 도입된 거죠. 우리나라의 수도인 암스테르담과 대도시 로테르담 등…

네덜란드 도시 이름이 '댐dam'으로 끝나는 곳들이 많습니다. 바로 담수확보와 해일 방지를 위해 건설하는 '담, 댐'을 뜻합니다. 흥미롭죠?

2. 물부심

네덜란드에서 제일 맛있는 건 '물'이란 사실 알고 계셨나요? 국토의 60% 이상이 댐이나 제방으로 건설되었기 때문에 네덜란드는 오래전부터 물관리에 집중할 수밖에 없었습니다. 3,130개의 물 관련 회사가 운영되고 있고 정부는 5년마다 물관리 계획을 수립해 정책을 진행하기도 하죠. 국민들은 수돗물을 마음 놓고 마십니다. 델프트에는 국제구조 수리 환경공학연구소 (IHE Delft, Institute for Water Education)가 위치하고 있습니다. 이곳으로 전 세계 물 연구자들이 모입니다.

3. 맥주부심

맥주 하면 어디가 떠오르시나요? 독일? 벨기에? 이제부터 네덜란드를 떠올리셔야 할 것 같네요. 국경 근처에 거주하는 독일인들은 다양한 맥주와 향을 즐기기 위해 네덜란드로 여행 옵니다. 왜일까요? 여러분이 아시는 것처럼 독일은 맥주가 유명합니다. 하여, 맥주 제조에 있어 강력한 법이 존재하고 재료의 수도 제한하고 있습니다. 네덜란드엔 다양한 홉과 향을 가진 맥주가 많습니다. 대기업 양조장뿐만 아니라 개인 양조장도 몰려있어 맥주 애호가들에게 꿈의 여행지로 불립니다.

4. 복지부심

네덜란드는 안락사를 허용한 국가입니다. 안락사를 원하는 사람 중에는 노인이 많습니다. 노인 중에는 힘없이 살아가는 삶을 원치 않는 사람도 있고 치매에 걸려 기억을 잃고 살아가는 사람도 존재하죠. 여기서 하나의 사회적기업이 탄생했습니다. 바로 호그벡Hogeweyk 이라는 곳을 치매에 걸린 노인들을 위한 마을로 개조하고 그들을 케어하는 복지사업이죠. 이곳에서 어르신들은 기존의 삶을 그대로 유지하며 살고 있어요. 장을 보러 슈퍼에 가고 커피를 마시고 친구들과 담소를 나누고 공원을 산책하죠. 모두 호그벡 마을에 조성된 타운 내에서 일어나는 일들입니다. 곳곳에 관리직원이 상주하고있고 최대한의 자유와 일상생활을 지지하며 돕고 있습니다. 어르신들은 이곳에서 기억을 잃어도 일상은 잃지 않고 계시죠. 우리나라의 복지사업에 대해 한국에서 많은 관심이 있다고 들었어요. 한국의 공무원들이 출장 와서 많이 배워간다고 하던데요? 앞으로 한국에도 다양한 복지사업이 시작되면 좋겠네요. 새로운 시각과 따뜻한 마음을 가지고요.

5. 여유부심

덴마크엔 '휘게', 스웨덴엔 '피카' 문화가 있습니다. 차 한잔의 여유를 가지는 것을 뜻하죠. 우리도 있습니다. 바로 '닉센Niksen'. 휘게와 피카는 차 한잔에 개인시간, 여유로운 담소 등을 나누는 것으로 정의되지만 닉센은 조금 달라요. 아무것도 하지 않는 거예요. 가만히 혼자만의 시간을 갖는 거죠. 뇌에게 시간을 주는 시간이라고나 할까요? 명상이 필요할 때 닉센 해보세요.

6. 사업부심

네덜란드에서 시작된 세계적 기업들이 많습니다. 네덜란드는 스타트업 육성을 오래전부터 시작해왔고 그들이 사업을 확장할 수 있도록 보험제도와 낮은 세금 제도를 도입했죠. 부킹닷컴은 네덜란드에서 시작된 소규모 스타트업이었지만 현재는 글로벌 기업으로 발전했습니다. 과거 선조들은 해상무역을 하며 부를 축적하고 나라를 발전시켜왔는데 그 기운이 우리에게도 이어진 것 같아요. 네덜란드사람들은 비즈니스를 정확하고 진실하게 하기로 유명하죠. 그래서 가끔 너무 냉정하다, 차갑다, 직설적이란 이야기도 들어요. 하지만 비즈니스는 용인된 시간 안에 서로가 필요한 부분을 공유하고 조율해야 합니다. 앞으로도 우리 네덜란드인들은 직설적일 수밖에 없을 것 같아요. 마지막으로 네덜란드 기업 문화는 대체로 수평적입니다.

죠디, 기억나요? 예전에 내게 들려준 당신의 보스 이야기?

내가 일하던 네덜란드 광고회사 대표가 서울지사에 방문한 적이 있다. 그에겐 장거리 비행이자 중요한 해외 출장이었다. 당연히 사장이라면 4성급 이상의 호텔에 머물 줄 알았다. 하지만 아니었다. 그는 일반 직원들처럼 3성급 관광호텔에 머물렀다. 사장에겐 출장은 일의 연장선이었고 직원과 동일한 대우를 스스로 받길 원했다. 사소한 행동 하나로 나는 또 한 번 네덜란드인을 새로운 시각으로 바라보게 되었다.

월리엄

Willem

Van Den Hoed

My creativity is like a young dog that wants to have a long
walk outside every day!

"한국에서도 살아봤어요. 두 곳 모두 매력적이지만…"

건축가이자 포토그래퍼. 최근에 한국에서 살았던 일을 책으로 출판하기도 했
다. 〈Kimchi Beach〉는 조만간 한국에서 번역될 예정. 한국과 네덜란드에서
의 삶을 모두 겪어본 그의 이야기가 궁금하다면 다음 페이지를 바로 펼쳐보자.

한국으로 떠나기 전 나는 아트페어에서 윌리엄을 만났다. 그는 암스테르담에 거주하는 건축가 겸 사진작가다. 그의 작품은 전시회에서 인기가 좋았다. 구매를 원하는 사람들이 몰렸고 그는 무척 분주해 보였다. 인터뷰를 요청한 나는 최대한 피해를 주지 않기 위해 전시회장 한쪽에 있는 카페에서 그를 기다렸다. 이윽고 윌리엄이 도착했다.

"반가워요, 죠디!"

"안녕하세요, 윌리엄 씨! 시간 내주셔서 감사해요!"

"미안해요. 작품을 구매하려는 사람들과 함께 작업실에 가야 할 것 같아요."

"아 그러세요? 그렇다면 시간이…"

"30분 정도 시간 낼 수 있는데, 괜찮을까요?"

그렇게 30분 동안 1문 1답이 시작되었다.

Q) 네덜란드엔 많은 도시가 있습니다. 암스테르담에 거주하는 특별한 이유가 있나요?

업무상 암스테르담에 거주하는 게 편하죠. 고객, 갤러리 그리고 출판사들과의 만남을 위해서라도 수도가 좋죠. 부모님도 암스테르담에 거주하고 계셔서 자연스레 이곳에 머물고 있습니다.

Q) 한국에 4년 동안 거주하신 걸로 알고 있습니다. 한국에는 어떻게 오셨나요?

사실은 일본에서 건축 프로젝트가 있었어요. 그런데 쓰나미가 발생했고 빨리 떠나야만 했죠. 그 때 한국에 체류하며 프로젝트를 진행하고 있던 건축가 친구가 제게 한국으로 오라고 권유했어요.

Q) 아름다운 한국인 부인과 결혼하신 걸로 알고 있어요. 그때 만나셨나요?

네, 맞아요. 제가 처음 한국에 도착했을 때 저를 도와준 친구가 바로 지금의 아내죠. 우리는 더 나은 삶을 위해 네덜란드로 이주했어요. 한국도 살기 좋은 곳이지만 자연, 교육, 복지 등을 고려했고 어려운 결정을 내렸죠.

Q) 한국과 네덜란드 모두 거주해보셨는데 어떠셨어요?

한 마디로 규정하긴 어렵지만, 네덜란드는 개인적인 국가이고 한국은 가족 중심으로 흘러가는 사회예요. 어떤 것이 더 좋다고 말할 순 없지만 두 나라 모두 특색을 가지고 있죠. 제가 한국에 거주할 때 '대방동'이란 곳에서 살았어요. 그 동네엔 외국인이 저밖에 없었답니다. 마치 다른 행성에 온 듯한 느낌이었죠. 주민들은 나를 신기하게 쳐다보고 상냥하게 대해주었어요. 그 느낌이 정말 새로웠어요. 반면 네덜란드는 제가 태어난 나라이기 때문에 모든 게 익숙하죠. 그리고 조금은 따분한?

Q) 당신에게 두 국가는 어떤 의미인가요?

제게는 두 가지 옵션이 존재하죠. 한국에 살거나 네덜란드에 살거나. 재미있게도 한국에서 살다 보면 빨리 네덜란드로 오고 싶어져요. 그리고 시간이 지나면 빨리 한국에 가고 싶어져요. 감사하게도 이런 두 가지 옵션을 가질 수 있어서 행복합니다.

Q) 북유럽 교육, 디자인, 라이프 스타일 등 한국 사람들이 관심을 가지고 있어요. 북유럽으로 대표되는 네덜란드와 한국의 라이프 스타일을 비교해주실 수 있나요?

한국은 날씨가 좋지만, 사람들이 그 날씨를 즐기지 못하는 거 같아요. 항상 업무 때문에 스트레스를 받고 있죠. '빨리빨리' 문화에 한국 친구들이 정신적으로 힘들어하는 걸 몇 번 목격하기도 했습니다. 반면 한국의 음식은 최고죠. 두 말할 나위 없습니다.

네덜란드의 라이프 스타일은 세 가지 키워드로 정의할 수 있습니다. 편안한 생활, 즐거운 일상 그리고 자주 내리는 비. 저는 날씨에 영향을 받지 않는 사람이지만, 한국인들이 네덜란드에 방문하면 날씨에 많이 놀라더라고요. 비도 자주 오고 바람도 많이 불죠.

Q) 글 작가로도 활동하고 계십니다. 작가로서의 수입으로만 생활이 가능한가요?

한국도 동일할 거에요. 글 작가로서는 절대 생존할 수 없죠. 건축가와 사진작가가 저의 메인 잡Job이에요. 간혹 대학에서 강의하고 부수적으로 글을 쓰곤 해요. 기회가 닿아서 제가 쓴 원고가 이번에 책으로 출판되었지요.

Q) 어떤 책인가요?

〈Kimchi Beach〉라는 책이에요. 제가 한국에서 거주했을 당시의 느낌을 담은 책이에요. 한국에서도 조만간 번역되어 출간될 것 같아요. 확정되면 죠디에게 알려줄게요.

Q) 너무 기대됩니다. 윌리엄 씨가 느꼈을 한국이 궁금합니다.

한국은 정말 발달한 나라죠. 편의점도 많고 대중교통 인프라도 잘 구축되어 있어요. 네덜란드엔 24시간 편의점이 없습니다. 대중교통 딜레이도 잦고요.

"윌리엄, 지금 가야 해요!" 누군가 그에게 시간을 알렸다. 30분이 그새 지났다. 떠나는 윌리엄은 끝까지 인터뷰에 임해줬다.

"아! 공중화장실! 네덜란드에서는 돈을 지불해야만 해요… 너무하지 않나요?!"

발렌티나

Valentine
Wikaart

Follow your dream!

"한국과의 교류? 역사 속에서 찾을 수 있죠."

호기심 많은 역사학자. 네덜란드 호르큼Gorinchem에 자리 잡은 하멜 박물관 관장으로 일하고 있다. 한평생 역사 연구에 몸담았다. 특히 신항로 개척시대 역사 연구에 대해 깊은 지식과 경륜을 가지고 있다. 헨드릭 하멜Hendrik Hamel 과 관련된 한국 역사에도 관심이 많다.

발렌티나와 나의 첫 만남은 헨드릭 하멜Hendrik Hamel 박물관에서였다. 국제 봉사단체 장학생으로 네덜란드에서 유학을 하고 있던 어느 날이었다. 담당 멘토는 나를 호르큼Gorinchem 이라는 작은 시골 마을로 안내했다. 그곳엔 한국인에게 익숙한 하멜표류기의 하멜 박물관이 자리잡고 있었다. 당시 박물관 관장 발렌티나는 내게 신항로 개척시대 역사를 설명해주었다.

졸업 후 네덜란드를 다시 찾은 나는 호르큼에서 그녀를 다시 만날 수 있었다. 가벼운 볼 키스로 인사를 나눈 뒤, 함께 식사를 하며 이야기를 나누기로 했다. 우리가 도착한 곳은 Metropolo café였는데 핸디캡이 있는 사람들이 서빙해주는 레스토랑이었다. 주문 속도, 조리 속도, 계산 속도 등 일반 음식점에 비해 깊은 인내가 필요한 곳이었다.

발렌티나는 역사학자이자 박물관 관장이다. 사물을 깊이 관찰하고 연구하고 이해하는 것에 대단히 조예가 깊다. 주문한 음식을 먹으며 그녀는 말했다.

"종업원들의 모습을 살피다 보면 어떤 장애로 고통받고 있을까, 어린 시절 상처는 없었을까, 나는 장애인을 색안경 끼고 바라본 적은 없나 생각하곤 해. 연구가 복잡할 때, 관점이 한없이 좁아질 때 이곳에 와. 그리고… 반성을 하지."

담담한 어조에 먹던 샌드위치를 내려두고 나는 그녀의 이야기에 집중하기 시작했다. 신항로 개척시대는 네덜란드 역사에서 중요한 비중을 차지한다. 14-16세기 유럽인들은 앞다투어 새로운 육지를 발견하기 위해 아시아와 아프리카를 향해 배를 탔다. 새로운 곳에서 다양한 물자를 가져오거나 심지어 식민지로 삼아 약탈을 시도하기도 했다. 발렌티나는 침략자이자 가해자이기도 한 그들 관점의 역사, 나아가 식민 국가의 관점을 연구한다. '성(性)'의 주체가 남자에게 집중되었던 신항로 개척시대 역사에 대해 여자 역사학자의 관점으로 연구하고 싶어 역사학자가 되었다.

네덜란드인들이 모국어 더치 뿐만 아니라 영어를 비롯한 외국어를 서슴없이 구사하는 능력은 과거 선조들의 해상무역에서부터 시작되었다. 네덜란드인들은 다양한 물자를 빠르게 교역하기 위해 인근국가의 언어를 습득하여 무역 시 활용했다. 마치 한반도에 위치한 작은 국가인 우리나라와 비슷해 보였다. 내가 초등학생일 땐 영어교육을 위해 정부에서 7차 교육과정 개편안을 내놓았고, 중학교 시절엔 학교에서 일본어를 가르쳐주더니 고등학생이 되니 중국어 붐이 일어나 내가 선택할 수 있는 언어 (필수 선택)는 어느새 3개가 되었다.

"한국인들은 죠디처럼 역사에 관심이 많니?" 발렌티나가 물었다. 부끄럽게도 내가 알고 있는 지식은 한없이 얕기만 하다. 그녀를 만나기 위해 신항로 개척시대 역사책을 이틀 전에 읽고 간 것이 큰 도움이었다.

"네덜란드 젊은이들도 역사에 관심이 없어. 하지만 난 젊은 친구들이 호르큼에 와서 네덜란드와 한국과 연계된 역사에 관해 공부하면 좋겠다는 바람을 가지고 있어."

신항로 개척시대의 역사는 네덜란드인들에게 빠질 수 없는 역사의 변환점이다. 마치 우리나라의 조선 시대 500년 역사처럼 그들에게 아주 중요한 부분인 셈이다. 신항로 개척시대의 역사에 대해 학교에서 가르치고 있지만 그들이 발견한 아프리카, 아시아 대륙의 역사에 대해선 큰 조명이 없다는 것이 그녀가 안타까워하는 부분이다.

신항로 개척 역사박물관은 네덜란드에 단 2개가 존재하는데 그중 하나가 하멜 표류기의 헨드릭 하멜 박물관이다. 암스테르담도 아니요, 로테르담도 아니요… 어쩌면 대한민국과 아주 오래전부터 연결된 곳은 호르큼이 아닐까? 나중에… 아주 나중에 지인들과 함께 네덜란드 여행을 오고 싶다는 생각이 들었다. 의미 있는 명소를 돌아보는 호르큼 여행.

"그거 좋다. 호르큼 여행! 나는 수리남Surinam 여행을 계획하고 있어!" 수리남은 중남미에 위치한 국가다. 네덜란드 식민통치를 받았던 곳이며 1975년 네덜란드로부터 독립했다. 발렌티나는 그곳에 가서 또 다른 관점을 가지고 역사를 바라보고 연구할 계획을 가지고 있다.

사물을 깊이 관찰하고 연구하고 이해하는 것에 대단히 조예가 깊은 그녀의 새로운 연구를 응원한다. 그녀는 나와 대화를 나누며 이따금 종업원들을 살폈다.

"연구가 복잡할 때, 관점이 한없이 좁아질 때 이곳에 와. 그리고… 반성을 하지."

코셰

Koosje

Wagner

Be your own person!

"육아맘으로 살아간다는 거요? 특별하지 않아요. 그냥 행복할 뿐이죠."

트웬테대학교University of Twente 공공정책 학과를 졸업했다. 현재 아이 셋을 기르는 워킹맘이자 시간을 쪼개 유트레흐트 대학원Utrecht University에서 아동 심리 및 가정교육학 석사를 공부하고 있는 에너지 넘치는 긍정맘!

〈특별한 육아, 색다른 교육은 없습니다〉

"네덜란드 교육과 육아가 매우 특별하다고 한국에 소개된 적이 있어요!"

그 이야기를 코셰에게 들려줬더니 그녀는 얼떨떨한 표정을 지었다. 그녀를 관찰하며 나는 물었다. "네덜란드의 특별한 육아 방법이 무엇인가요?"

굉장히 난처해하며 그녀는 입을 뗐다.

코셰는 주 2회 초등학교에서 임시 교사 일을 한다. 그녀의 남편은 주 4일 근무하고 출근길에 아이들을 학교에 데려다준다. 학교가 끝나는 시간은 오후 3시이며, 이후 아이들은 데이케어Day care (낮 동안 아이들을 돌봐주는 탁아소, 우리나라의 어린이 집과 비슷한 개념)를 간다. 데이케어는 오전 8시에 시작하여 오후 6시 종료된다. 따라서 부모들은 늦어도 오후 6시에 탁아소에 방문하여 아이를 픽업한다. 네덜란드 대부분의 회사는 Nine to Six (오전 9시 출근하여 오후 6시 퇴근)가 일반적인데 간혹 야근을 하기도 한다. 따라서 일부 학부모들을 위해 탁아소는 30분 연장 운영을 하기도 한다. 탁아소 시간에 맞추기 위해 부모는 무급 반차를 내기도 한다.

코셰의 아이들은 학교생활이 즐겁다. 왜냐하면 숙제가 많지 않기 때문이다. 1년에 2회 프리젠테이션을 직접 만드는 숙제가 있고 한 달에 한 번 영어 또는 지리 숙제가 있다. 물론 숙제가 많은 학교도 존재하지만 일반적이지 않다. 자연스럽게 아이들은 책상에 앉아 있는 시간보다 밖에서 친구들과 놀이를 하며 배우고 자란다.

그녀에게 너무나 평범한 일상이다. 이런 걸 특별하다고 말하기 어렵다며 다른 궁금한 점이 없냐고 되묻는다.

"데이케어 금액에 대해 정부 보조금을 받을 수 있나요?"

매달 31일, 보조금을 받을 수 있다. 하지만 부부의 소득에 따라 금액이 다르고 근무 일수에 따라서도 상이하다. 코셰네 집은 남편과 아내 모두 일을 하는 맞벌이 부부이기 때문에 일정 소득 이상의 집으로 분류되어 보조금을 받지 못한다. 아이들이 아주 어렸을 적엔 데이케어 보다 코셰는 부모님의 도움을 원했다. 코셰의 부모는(아이들의 외갓집) 매일 코셰의 집에 들러 손주들을 돌봤다. 모정은 세계 어디나 동일한 듯하다.

〈좋은 나라도 없습니다〉

"네덜란드 하면, '복지 나라' 라는 인상이 매우 깊은데 이런 나라에서 살면 기분이 어때요?"

그녀의 꿈은 소박하다. 쉬는 날 아이들과 즐거운 시간을 보내고 가족의 건강과 평화를 빈다. 석사 공부가 끝나면 학교나 병원에서 소아 심리학자로 일할 생각이다. 복지 나라로 일컬어지는 네덜란드에서 태어나 행복하지만, 코셰는 말한다.

어디서 살든 인간이 바라고 소망하는 것들은 대부분 비슷하다고. 가족과 행복하게 살며 자기 자신의 꿈을 이뤄가며 계속 성장하는 것.

누구나 바라는 것들이 그 누군가에겐 이뤄낼 수 없는… 그저 바라볼 수밖에 없는… 꿈에 불과할 때가 있다.

코셰에겐, 참 쉬워 보인 듯했다.

10004OK

전농로 벚꽃길에서 카페를 찾고 있었다. 내 귀에 고막 남친들을 꽂으려던 찰나, 옆에서 나란히 걷고 있던 아저씨께서 먼저 선수를 치시더라. 음악을 크게 플레이하시는 매너. 에라이…

그런데, 들려오는 노래는 다름 아닌… 잠이 오질 않네요…?
장범준?

그렇게 아저씨를 졸졸 따라 전농로 벚꽃길을 걷고 있었다.

제주 만사오케이 커피집에 다다라서
죠디리

Realized and thanks to

1. 에필로그를 작성하기 위해 이틀 동안 쓰고 지우고를 반복했습니다. 참 재밌지요? 짧지만 어떻게든 책의 마무리를 멋들어지게 하고 싶었습니다. 제가 찾아낸 방안은 이겁니다.

저의 첫 에세이 『그래서 네덜란드로 갔어』의 에필로그를 읽어주세요.

2. 글을 쓰고 경험을 공유합니다. 누군가에게 분명 도움이 될 수 있으리라 생각합니다. 설레는 마음으로 그 누군가를 위해 오늘도 감사히 열심히 진실히 살겠습니다.

3. 고마운 분들이 많습니다. 인터뷰에 응해준 18명의 네덜란드 친구들, 부모님 그리고 방혜자 대표님, 이영실 박사님, 설희와 설재, 조카 이서온 고마워요.

4. 다들 아시겠지만, 정보는 원래 필요한 것만 추출해 가는 거라고 하지요? 이 책을 통해 알고자 하는 부분만, 느끼고자 하는 부분만 골라 습득하시길 바랍니다.

끝으로 착한 사람들이 잘되면 좋겠습니다. 내면이 단단한 당신을 진심으로 응원할게요.

XOXOXO

죠디리

* 지구를 위해 친환경재생지를 사용합니다.

누구도 아닌 나를 위해

초판 1쇄 2021년 6월 25일
지 은 이 죠디 리
펴 낸 곳 하모니북

출판등록 2018년 5월 2일 제 2018-0000-68호
이 메 일 harmony.book1@gmail.com
전화번호 02-2671-5663
팩   스 02-2671-5662

ISBN 979-11-6747-001-0 03810
ⓒ 죠디 리, 2021, Printed in Korea
값 17,600원

이 도서의 국립중앙도서관 출판예정도서목록(CIP)은 서지정보유통지원시스템 홈페이지
(http://seoji.nl.go.kr)와 국가자료공동목록시스템(http://www.nl.go.kr/kolisnet)에서 이
용하실 수 있습니다.